講談社文庫

砂の城 風の姫

中村ふみ

講談社

目次

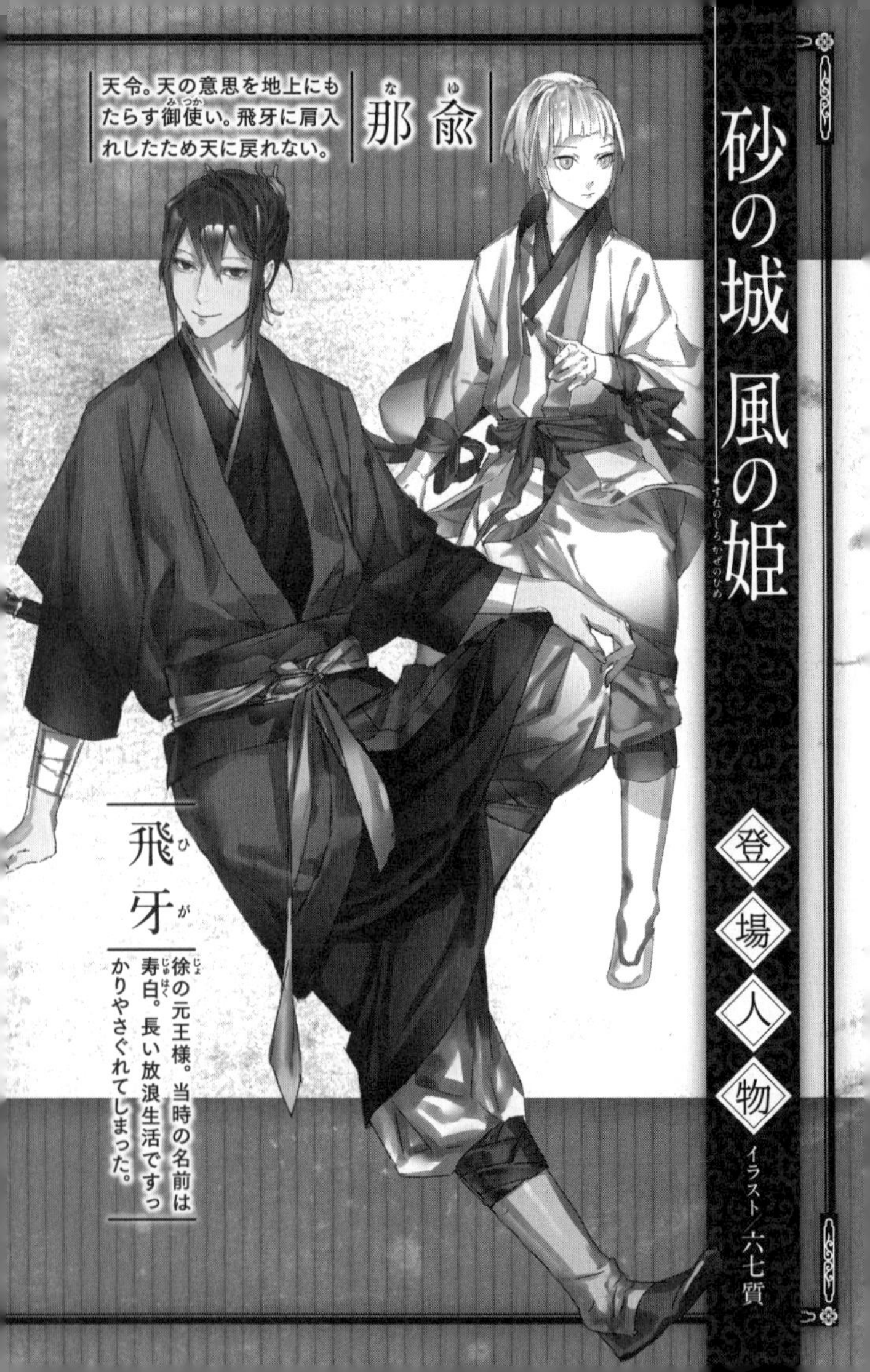
砂の城《すなのしろ》 風の姫《かぜのひめ》
登場人物
イラスト／六七質
那《な》兪《ゆ》
天令。天の意思を地上にもたらす御使《みつか》い。飛牙に肩入れしたため天に戻れない。
飛《ひ》牙《が》
徐《じょ》の元王様。当時の名前は寿白《じゅはく》。長い放浪生活ですっかりやさぐれてしまった。

濤《とう》基《き》
燕《えん》の摂政家・彭《ほう》一族の三男。王宮を取り仕切る。
裏《り》雲《うん》
飛牙の乳兄弟。禁を犯して黒翼《こくよく》仙《せん》になった。
甜《てん》湘《しょう》
燕の名跡姫《みょうせきひめ》。過去にふたりの「胤《たね》」と死に別れる。

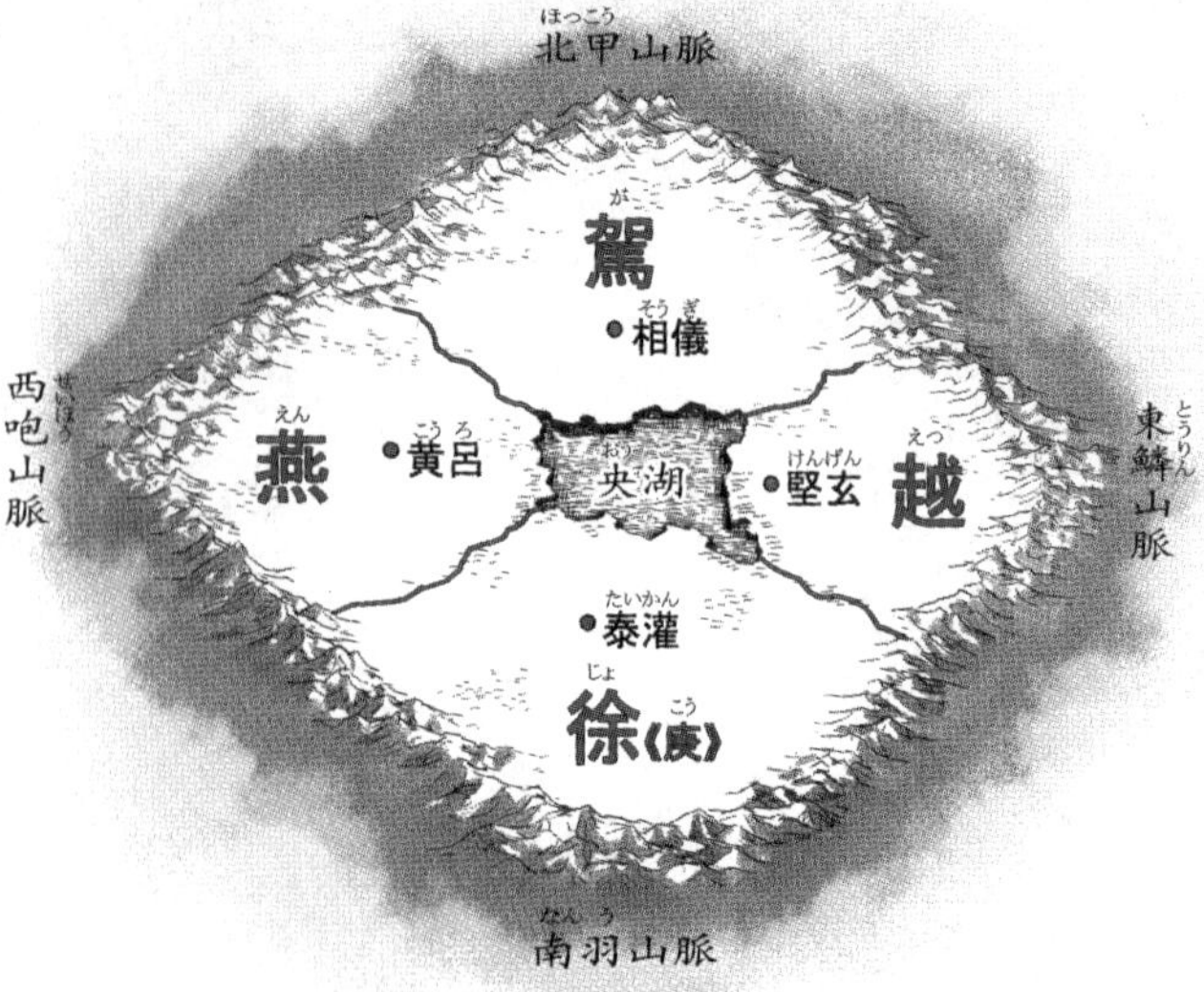

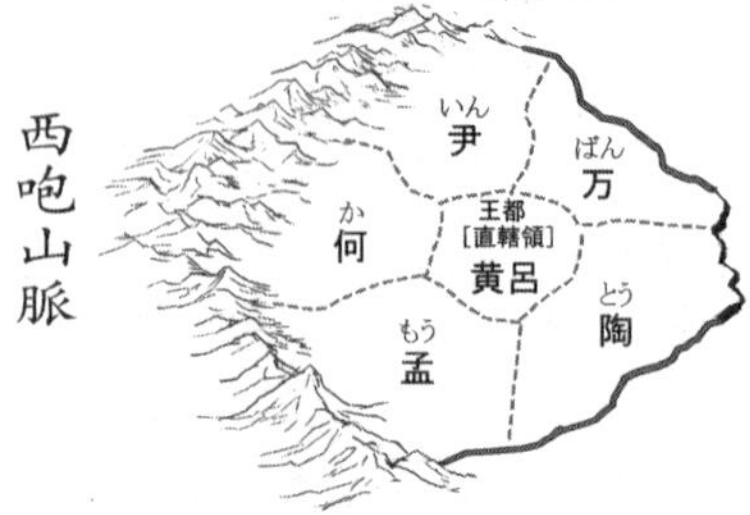

地図作成・
イラストレーション／六七質《むなしち》

砂の城　風の姫

天より授かりし四つの国。

西に燕《えん》あり。

その国、女人を王とし三百年を超え栄える。身を穢《けが》すことなく子を産み、女子へと王位を繋《つな》げる。

民は女王を敬愛し、女王は民を慈《いつく》しむ。摂政はよく女王を補い、国憂うことなく万民は勤勉にして健やか。

争いなどあろうはずもない。

……あろうはずもない。

第一章　燕国哀歌

一

「宗右《そうう》が血を吐いただと」

早朝の知らせに甜湘《てんしょう》は飛び起きた。

「馬鹿《ばか》な。ただの風邪ではなかったのか」

手伝おうとする侍女の英寧《えいねい》を押しのけ、急いで自分で着替える。寝間着のままでも駆けつけたいところだが、この城はそういうことを許さない。

「急に容態が変わったということです」

「ゆうべは回復しているように見えたのに、そんなことが……」

昨夜風邪と言われ、会うのを控えたばかりだ。そこから何故《なぜ》吐血に至るのか理解できなかった。

宗右は甜湘より二つ上の十八歳、若く健康であった。そもそも健康でなければ〈胤《たね》〉にはなれないのだ。

「参るぞ」

甜湘は髪をひとまとめに結んだだけで、部屋を出た。急いで宗右の病室に向かう。王族棟を出てだだっ広い城を走れば、早番の官吏たちが眉《まゆ》をひそめるが、気にも留めなかった。どうせ、次期女王の名跡姫《みょうせきひめ》に何か言える性根のある者などいない。

宗右がいる部屋の前まで来ると王宮監理官の彭濤基《ほうとうき》が出てきて、甜湘を制止した。

「お待ちくださいませ。胤殿におかれましてはご病状思わしくなく――」

「だから駆けつけたのだろうが。どかぬか」

摂政の息子を押しのけ、部屋に入った。

「宗右はいかがした」

「姫様、近づいてはなりませぬ。原因がわかりませぬゆえ、万が一にも感染などしましたら――」

「黙れっ」

幼さの残る顔に怒気を滲《にじ》ませ、甜湘は老医者をも押しのけた。

「宗右は私の男だ」

そう宣言して、寝台を隔てる天幕を引き、胤と対面する。

「……宗右」

名だけ呼んで、甜湘は絶句した。目の前にいたのは、首から顔にかけて筋状の奇妙な痣《あざ》がある男だった。その目には力なく、死相が浮かんでいた。口の周りに残る血は黒い。

「しっかりしろ、私がついておる。死なせはせんぞ」

「姫……様、もう……私は」

宗右が片手を持ち上げようとするが、それもおぼつかない。甜湘はすぐにその手を取り、端整な顔立ちをした男に頬《ほお》を寄せる。

「馬鹿なことを申すな。そなたは私に子をもたらす者ぞ。そばにいてくれ」

甜湘は泣き顔で振り返った。

「何をしておる。宗右の家族を呼んでやれ」

両親も兄弟も健在だと聞いている。

「胤に身内などおりません。胤は胤であって人ではないゆえ」

濤基が躊躇《ため》いながらも答えた。その非情な答えに甜湘は逆上した。仮にも一人の女が命をかけて産み、慈しんで育てた人間にその言い様があるだろうか。宗右を胤と呼ばれること自体、我慢ならなかった。

「ふざけるな。苦しんでいる宗右が見えないのか。よくもそんなっ」

甜湘には王宮の掟《おきて》がとうてい理解できなかった。何故ここまで冷血になれるのかわからない。掟だの法だのは、人を幸せにするためにあるべきではないのか。

「姫様……よいのです。お役にたてず……申し訳……」

そこまで言って、宗右は事切れた。

宗右の手は甜湘の手から滑り落ちていく。閉じられた目蓋《まぶた》は二度と開く気配がなかった。甜湘は号泣してその亡骸《なきがら》にすがりつく。

互いに若すぎてなかなか心が通じなかった。ここ一ヵ月ばかりで、ようやく二人いろんなことを語り合えるようになっていたのだ。

(それなのに……こんな)

宗右は何故死んだのか。

十六歳の娘の大きな双眸《そうぼう》からこぼれ落ちる涙は、若者の死に顔を濡《ぬ》らしていた。

天下《てんげ》三百十一年、秋。

燕国王女甜湘は最初の胤を失った。迎えてから半年後のことであった。

小さな国が覇権を争い、この地が荒れに荒れた年月が百年を超えた。一つの強大な国を創《つく》ることは誰の目にも不可能で、現実的ではなかった。

干渉を嫌う天が東西南北四つの国を創ることを提案し、当時の英雄や知識人から四人を選び出し王としたという。

東の越《えつ》は天下随一の武人曹永道《そうえいどう》が、西の燕は天の声を聞く天官灰歌《はいか》が、南の徐《じょ》は獣を操る武将蔡仲均《さいちゆうきん》が、北の駕《が》は暗魅《あんみ》に騎乗したと言われる術師丁海鳴《ていかいめい》が、それぞれに始祖王となった。これを天下《てんげ》四国《しこく》と呼び、建国より共通の元号天下が使われることとなる。

天下四国の西を有する燕国には他の三国とは決定的に異なる点があった。

現在の王、梨芳《りほう》は第二十一代にあたる。

男子が何人いようとも、この国では女が王位を継ぐ。それは始祖王灰歌からの曲げられない決まり事であった。灰歌は戦う天官であり呪術師《じゆじゆつ》であったという。猛々《たけだけ》しい男たちが始祖となった他の国とは違う。燕国の王は、あらゆる祭事を司《つかさど》る神女でなければならないということだ。

もっとも天に近い国、それが燕である。

天官とは、人の身でありながら天と意思の疎通を図ることができる者のことで、女人に限られている。そのため神女とも呼ばれる。巷《ちまた》にも自称する者は多いが、たいていは偽者だった。

灰歌にならい、この王家には姓はない。男子は名家の娘婿になって家を去っていく。

神女とは厄介なもので表向きは男と交わるわけにはいかない。しかし、王家として跡継ぎは必要になる。その苦肉の策が〈胤〉であった。

胤とは王家の女たちの子作り用の男である。公《おおやけ》にはできないが、もちろん下々まで皆知っている。気性おだやかにして健康。尚《なお》かつ容姿の優れた若い男が選ばれるのだが、なりたいと心から願う者などいない。家族には多額の礼金が渡されるも、本人には悲しい末路しかないからだ。

胤は天が授けし物。役目が果たせなければ速やかに消える。果たしても遠からず消える。それが胤という存在であった。

夫を持たないということは姻戚に権力が渡らないということでもあり、建国初期はうまく機能していたらしい。

しかし、祭事と出産に追われる女王では、王政に携わることが難しくなってくる。その結果、王の補佐であったはずの摂政が力を増す。

現在の燕を動かしているのは飾り物の女王ではなく、摂政家の彭一族である。本来摂政は官吏の中から女王が選んでいたが、すでに六代続いており事実上彭家の独占、いわば彭王朝であった。

当然のことながら彭一族の横暴が目につくようになっている。そこに南の徐国が内乱により滅び、燕にもその流れが感じられるようになった。

王朝は倒れても良い。刃向かっても良いのだ——人々はそう気付いてしまったのだ。そして気付いたのは民衆だけではなかったかもしれない。

天下四国は、四つの国でありながら一つでもある。それは天下四国の建国神話からくる考え方だった。

天を支える四つの脚となれ。灰歌はそう告げる天の声を聞いたといわれる。

しかし椅子《いす》の脚の一つが折れても、世界はなくなるわけではない。徐から庚《こう》に変わり国は荒れているというが、国そのものが滅ぶわけではない。所詮《しょせん》看板でしかなかったのだ。

ここで改革をしなければ燕も滅ぶ。

王女甜湘は子供の頃からひしひしと感じていた。

王と名のつく者が国を守らなくてどうするのか。官吏には贈収賄が横行し、腐敗を極めている。貧富の差は建国以来かつてないほどだ。

(守ってみせる)

強い意志を持った。

だが十五になったとき、甜湘は胤を持つよう言われた。子供を産むためだ。一年で孕《はら》まなければ胤は処分される。つまり人知れず殺されるということだ。知っていただけに、甜湘は躊躇った。しばらくはまだ早いと断り、胤を持たなかった。

しかし、抵抗も難しくなってきて、甜湘はやむなく胤を一人受け入れた。それが宗右であった。

胤は貧乏貴族の子弟から選ばれることが多い。宗右もそのクチだった。どうにも納得できず、甜湘は胤と床を共にすることを避けた。胤のほうから無理強いすることなどできるわけもなく、二人は距離を保ち続けた。

とはいえ、歳《とし》も近く互いに孤独な身の上。いつしか胸の内を語るようになり、寄り添えるようになっていた。

なのに床を共にする前に宗右は死んだ。

（本当に病気だったのか）

医者も病名はわからないと言っていた。仮に未知の死病だというのなら、蔓延《まんえん》しないように対策をとらなければならないはずだが、摂政はその気もなさそうだ。

甜湘は悲しみと怒りでどうにかなりそうだった。


「姉様、庭を歩きませんか。葉が色づいてきました」

妹の昭香《しょうこう》が話しかけてきた。

「そんな気になれない」

「ふさぎ込んでばかりいてはお母様も心配します。私だって……」

妹にそう言われては甜湘も重い腰を上げるしかなかった。庭へと出る。昭香とは胤を同じくする姉妹だ。他の兄妹《きょうだい》に比べると関係も近い。

「ご覧ください、銀杏《いちょう》の樹《き》が黄金色に」

確かに見事な秋色に染まっていた。王宮の庭は美しく、よく手入れされ、宗右とも一緒に歩いたものだ。

「……紅葉が過ぎれば冬になる。私は冬は嫌いだ」

「でも雪は綺麗《きれい》でしょう。汚いものを全部隠してくれます」

「汚いものとは？」

「王宮の最上階から見える貧民街です」

甜湘は顔をしかめた。

「隠れてもなくなるわけではないぞ。貧民街などというものがあるのがおかしい」

「ええ、消えてなくなってしまえばよろしいのに」

なにやら話が嚙《か》み合《あ》っていないような気がする。普段なら説教したのかもしれないが、今はその元気もなかった。

(実際、なくすことなどできやしない)

名跡姫と呼ばれても、思いどおりになることなど一つもない。無力な小娘に過ぎなかった。無邪気だった頃と違い、近頃ではそれを思い知らされるばかりだ。

「濤基が新しい胤を選んでいるようです。気落ちなさらぬよう」

「宗右は一人しかおらぬっ」

死ねば代わりを連れてくればいいという発想が許せなかった。この王宮にいると人の命などあまりに軽く、木っ端のようだ。

『胤として買われた身の上ですが、甜湘様とこうしていると心が和みます』

庭の花を見て宗右はしみじみとそう言った。

あれが人でなくてなんだというのか。まだ数日しかたっていない。代わりの胤の話などしたくもなかった。

「胤にそこまで情を移しては辛くなります。通り過ぎる風だと思わなければやっていけません」

「我らの父も胤だぞ。それも風なのか」

「胤はかりそめ。本当の父は天だと聞いて育ちました」

確かに甜湘も母や祖母にそう言われてきた。神女と呼ばれた女が始祖なのだから、そういう考えに至ったのだろう。幼いときはそんな夢物語も受け入れられたが、甜湘とて男女の営みこそが子を生《な》す唯一の手段であることくらい知っている。生娘《きむすめ》が身籠《みご》もるわけがないのだ。父は紛れもなく胤だ。

「昭香も十四だ。そんな戯《ざ》れ言《ごと》を信じるほど初心《うぶ》なわけでもなかろう」

「それはそうですけど」

嘘《うそ》とはいえ歴史の重みがある。胤の認識を覆すのは難しいだろう。だが、甜湘は知ってしまった。死に別れる悲しみを。

(こんなことでいいはずがない)

他国のような男の王であれば、後宮を持つらしい。山ほど女がいて王様は好きなように選べるのだという。それはそれでなんとも嫌らしい話だと思う。それでも、王の子を産んだ女には敬意を払い大切にするようだ。

だが、胤は完全な日陰者だ。

一年以内に懐妊させられなかったら、または二度続けて男児しかできなかったら、胤は人知れず殺される。姫が生まれなかったばっかりに、六人の胤を死なせてしまった女王もいたという。胤の命を左右するのはこちらなのだ。だからこそ、甜湘は宗右に歩み寄った。話してみれば宗右は穏やかな善い青年で死なせたくないと改めて思った。なんとか受け入れ、子作りしようと覚悟を決めた。

それなのに……宗右は死んだ。

胤はもういい。それが甜湘の偽らざる気持ちだった。

二

胤を亡くし、三ヵ月が過ぎた頃だった。

王宮監理官の彭濤基に話し合いを求められ、甜湘は渋々応じた。濤基は摂政ほど押しは強くないが、我慢強く説得にかかる性質《たち》で、ある意味厄介だった。

冷える廊下を歩き、甜湘はこちらから赴く。向こうが王族棟に来るのは避けたい。それでなくともここは干渉が多く落ち着けない環境だ。

濤基は三男で、穏やかな顔立ちの男であった。長男は准将軍職として王国の治安に携わっており、次男は財務院で上官吏となっている。軍と金、そして王宮。つまり彭一族こそがこの国を牛耳っているということだ。

部屋に入ると濤基がすでに待っていた。こちらには侍女の英寧、向こうには書記官の男がついていた。

「どうせ、胤のことであろう。これでは腹を割って話せない。英寧もその男も別室で控えているよう」

「真《まこと》に申し訳ございません。姫君が胤以外の成人男子と室内で二人きりになることは禁じられておりますゆえ。お掛けください」

これだ。こういう決め事がまた面倒くさい。甜湘はうんざりして座った。

「ならすぐに済ませるぞ。胤はもういらん。そんな気になれぬ」

断言したものの、濤基は表情一つ変えなかった。

「そうおっしゃらずお聞きください。何人か候補を見繕いますので、適当な胤をお選びいただけます。なんなら複数でもよろしいのです」

「私をなんだと思っているのだ。夫ですらない男をあてがわれ、それ産め、やれ産めと言われても気持ちが悪いだけだ」

だいたい複数の胤を持てば、一年後身籠もらなかったときには全員殺されてしまう。それを禁じる力は今の甜湘にはなかった。

「胤はかりそめにございますれば――」

「黙れっ。綺麗事を申すな。私をまだ子供だと思っているのか」

子供扱いをしておいて子供を作れというのだから本当に腹が立つ。

「胤を持てば子作りにばかり追い込まれる。私はもっと学びたいことがあるのだ。剣や弓の稽古《けいこ》もしたい。馬にももっと乗りたい」

「ですが、甜湘様は名跡姫であらせられます。まずは次代の女王を産むのが務め」

「王の最大の務めは統治であろうが」

彭一族が権勢を振るう前は女王は王政における絶対的決定者であった。今は何事も事後承諾だ。こんな馬鹿な話はない。

「さようです。しかしながら、甜湘様は未《いま》だ姫君でございますれば」

「そこだ。母上は未だ四十前。何故王女が急いで子を生《な》す必要があろうか」

「いつ何時、何が起きるかわからないのがこの世でございます」

薄ら寒くなるようなことを言う。この男も摂政からやいのやいの言われ、面倒くさい王女を相手にしなければならず大変なのだろうが、甜湘は折れてやる気などなかった。

「しかも四十を過ぎれば王位を退き、祭事に専念するというのが通例。さほど猶予はございません」

「それがおかしいのだ。元気であればいくつになっても王でよいではないか。本来ならば君主として脂が乗り始める頃だ」

このような通例を作ったのも彭一族ではないのかと思っている。王の力を削《そ》ぐためだ。

「ごもっともなことです。しかし、いつまでも跡継ぎが生まれなければ、我が父や官吏たちが名跡姫の座を昭香様に移すしかないのではないかと考え始めます。王宮監理官の私としましては、それだけは是が非でも避けたい。姫様には素晴らしい才覚がおありです。始祖王の再来ともいうべきお方です。絶対に王位につくべきです」

始祖王灰歌の再来――以前から濤基はよくそう言う。濤基の中の灰歌は戦えば千人力、祈れば天をも動かす、完全無欠の美貌《びぼう》の女王らしい。

「名跡姫に女児が生まれなければ、妹や従姉妹《いとこ》が産んだ女児を養子とし、女系の血統を繋いできた。名跡姫とは摂政ごときの意見に左右されるものではない」

気がたって激しく言い返したが、今は女王に力がない。甜湘に難癖をつけ、本気で廃嫡しようとしたとしても不思議ではなかった。

甜湘には王になってやりたいことがある。飾り物ではない、統治する王になるのだ。昭香のような大人しい娘では結局言いなりになってしまう。

「……姫様、どうか」

突っぱねたいが、これで摂政に出てこられては大事《おおごと》になる。

「胤のことは桃の花が咲く頃に考える。それでよかろう」

妥協案であった。濤基もそれに肯《うなず》く。

「わかりました。ではそれまでに姫様にとってより良き胤を探しておきます」

小賢《こざか》しさが出る年頃になると子作りを押しつけられ、大人になりかけた頃にはすぐに女王。子育てと祭事、慣れぬ書類などを読み、ようやく改革の一つも考えられる頃には引退を考えなければならない。まったく馬鹿な話だ。

どれほど女王に眠っていてほしいのか。

変えなければならない——甜湘は歯噛みするとその場を離れた。

その後、甜湘は裁縫や詩文の修練をすべてやめ、統計の官吏と社会学者を招請した。彭濤基が難癖をつけるかと思ったが、胤選びに忙しいのか何も言ってこなかった。

燕国の実態を知る。まずはこれが大切だと思っている。どんなひどい情報もつぶさに受け入れ、どうすれば直していけるのかを考えるのだ。

「何《か》州はこんなに人口が減っているのか。どういうことだ」

甜湘は官吏を問い詰めた。燕国は王都直轄領と五つの州で成り立っている。五州はすべて王都直轄領と接しているが、その中でも何州は西部に位置し三分の一が砂漠という過酷な土地でもあった。

「元々干ばつの起こりやすい土地ですから。一昨年には飢骨《きこつ》も出現しまして」

「飢骨だと。そんなこと初めて聞いたぞ。何人犠牲になった？」

「ある村では半数が死にました。約二百人とか」

「とんでもない惨事ではないか。徐国の崩壊も飢骨が村人を喰《く》い殺したことから始まったと聞く。これが国を揺るがすほどの大事だとわかっているのか」

「ですからこそ、人心に不安を与えるべきではないと摂政殿はお考えになったのです。内密に処理されました」

「都合の悪いことを誤魔化すというその発想を改めろ。この国はどうかしてる」

甜湘は頭を抱えた。飢骨など見たこともないが、飢えの象徴だ。

「対策はとっているのだろうな」

「雨乞《あまご》いでしたら――」

「そんなものは対策とは言わない。何故、早く救済しない。徐のようになりたいのか」

「燕は神女の国、徐とは天の加護が違いますれば」

「妄想もたいがいにしろっ」

甜湘の頭に血が上る。上官吏ともあろうものがこんなことを言っているのだ。

「……母上はなんとおっしゃっている」

「摂政殿に任せると仰《おお》せで。気鬱《きうつ》の病は未だ治まらないようで」

気鬱ではない。母はやる気をなくしたのだ。報告は後手後手。改革を考えても阻まれ、視察をしたいと言えば女王には祭事があるから離れてはならないと諭される。

女王の国といえば、さも女にも優しく門戸が開かれている国であるかのように思われるかもしれないが、実態はむしろ閉鎖的だった。越や徐にはいくらか女性官吏もいると聞く。だが、この国ではいっさい受け入れられない。

（そこも変えていかなければ）

そうは思うものの今は母に頑張ってもらわなければならない。

「母上は私室か。会いに行く」


第二十一代燕国王、梨芳はこの年三十六歳。音に聞こえたその美貌は健在であった。

王家には美男美女が生まれやすい。それもそのはず。容姿端麗でなければ胤に選ばれないからだ。無論、男の王が美妃《びひ》を選べば同じことだが、しがらみもある。母親が名家の出であるほうが味方や箔《はく》をつけやすい。

しかし、胤はあくまでかりそめ。真の父親は天という思想があるため、氏素性《うじすじよう》は二の次、ひたすら従順で温厚な美男が選ばれる。それを何代もくり返せば、美姫《びき》が揃《そろ》うのは当然であった。

梨芳は柳のようにほっそりとしていて気怠《けだる》げな目をしている。昭香も母親に似た美少女である。が、甜湘は少し毛色が違った。意志の強そうな目には何者をも圧倒する力があった。幼い頃からおかしいことをおかしいとはっきり言うため、摂政や王宮官吏たちからすれば扱いにくい困った存在だった。

「落ち着きなさい、甜湘」

女王は眠そうな声でまずは娘を宥めた。長椅子《ながいす》に寝そべり、ふうと吐息を漏らす。

「これが落ち着けますか。何州《か》では干ばつがひどく、飢骨まで出ているというではありませんか。大勢が餓死して、その怨念《おんねん》が魄奇《はくき》を生んでいるというのに」

梨芳は頭が痛むのかこめかみを押した。

「それは改善していると聞きました」

「すべて摂政からの報告ではありませんか。信用できるのですか」

「臣下を信じなければ王国は成り立たないのよ」

「信じすぎても崩壊します」

「何《か》州の年貢は引き下げています。それだけは強く申しつけたわ」

「税を引き下げるだけではなく、食料を送らなければ。どこも備蓄を減らしたくなくて、それすらままならないのではないですか。諸侯に多少の自治が認められているとはいえ、一つの王国です。助け合わなくてどうします？」

どこの州も自分のところを守るために必死だ。この国は州制で、王といえど頭ごしに命令することはできない。以前は郡制でもう少し中央集権だった。だが、十二代尚《しょう》真《しん》女王のときに起こった大きな反乱がきっかけとなり、王は力を削がれてしまった。

そこから州制を認めることとなったが、州制は州制で大事において国が一丸となりにくいという問題点もある。

「難しい問題ね」

「まずは王都直轄領が救援しなければ他の州は追随してくれない。ですが、摂政は渋っているのでしょう。いっそ彭仁旺《じんおう》を罷免してください」

女王は目を丸くした。

「無理を言わないでちょうだい。摂政は官吏も武官も押さえているのよ」

この国では摂政のほうが力がある。この事実を女王陛下から直々に言われたのだ。あまりにも情けない。

「……母上」

「女王は、今では天官としての役割ばかりになりました。十二代で国を揺るがす事態となり、十三代と十四代、その二代続けて病弱な女王がたったことが、そうした流れを作ってしまった。他国では玉《ぎょく》を守る堂守がいるそうですが、今では女王もそれと同じなのかもしれません」

天下四国にはそれぞれの玉がある。燕の玉を白虎玉《びゃっこ》といい、白地に黒の波線が美しい。美しいが、何をしてくれるのか甜湘にはさっぱりわからなかった。王が玉を守って民を守らないなど本末転倒だ。

「天官と言いますが、私には天の声など聞こえません。母上もですよね」

「そうね。始祖王のようにはいかないわね。迎玉《げいぎょく》もできない」

女王は力が抜けたように笑った。迎玉とは玉を体内に迎え入れることらしいが、始祖王以来、成し遂げた者はいないという。徐国や越国には迎玉を果たした王もいたと聞く。女王が軽んじられているのは、そのせいもあるのかもしれない。

「母上が即位なさったとき天令《てんれい》は現れたのですよね」

「淡い光が空から降りてきました。そこに少年のような形が確かに。精進せよ、とだけ告げられて消えた……私も迎玉はできなかった。でも、天は確かにあると思ったものです」

「玉が体に入るなど私には想像もできません。徐や越が見栄《みえ》を張った記録をしているだけなのではありませんか」

「それはわかりません。ですが、玉は守らなければならない」

甜湘は納得できないと首を振った。

「玉は守らなくても壊れません。私たちに何の価値があるのですか。飾りだけですか」

「……甜湘。そんなことを口にしてはなりません」

「でもっ」

「それより、胤のことであまり苦しまないように」

女王は話題を変えた。

「そのことですが、宗右は本当に病死だったのでしょうか」

「殺されたとでも思っているの？　胤を殺してどうするの。あなたに子供を産んでほしくなかったら、なにかしら理由をつけて胤の用意などしないでしょう」

確かにそうだ。産ませたくなければ、濤基も次の胤を持てとうるさくは言ってこないはずだ。彼らにとっては摂政という地位は最高だろう。悪いことは女王のせいにできる。そのうえ、実権は握っていて事実上の王だ。名より実を取る、そんな狡猾《こうかつ》さは見習うべきものがある。

「でも……胤は殺されます」

「死なせたくなかったら、女の子を産むことね。それしかないの。私は男の子を二人産んでしまい、最初の胤を死なせてしまった」

甜湘の二人の兄だ。ともに婿養子に出されている。

「私の父はどうなりましたか」

「……知っているでしょう、僧院に入り、そこで亡くなりました」

そう、首尾よく女児が生まれても結局胤は軟禁されるという。生涯自由を奪われるのだ。女王は天から子を授かる。よって実の父などいてはならない。

「私は四つのとき別れて以来、一度もお父様にお会いしたことがなかった」

「あなたと似ていました」

なんだかせつなくなってきた。

「父上を愛していらっしゃいましたか」

「……情を持たぬようにしていました」

「私は誰かを愛してみたい。その人が夫であってほしい」

女王は悲しげに頭《かぶり》を振った。

「甜湘、あなたのためなのですよ」

「私のことはいい。でも私たちがせめて愛しく想ってあげなければ、父上たちは浮かばれません」

「そうね……ごめんなさいね、私にもっと強さがあれば」

兄たちとは打ち解けて話したこともなかったが、一度だけ本音を言われたことがある。

『男として生まれただけで親を殺したんだよ。こんな王宮になんかいたくもない』

兄にはすべてが敵に見えただろう。母も妹も。

十六歳の次期女王にとってはなにもかもが重く、どうするのが正しいのかもわからなくなってくる。

わかるのはこの国には問題が山積みされているということだけだった。

何が堂守と同じだ——甜湘は腹立たしさから、天窓堂《てんそうどう》に入った。

象牙《ぞうげ》色の壁と高い天井は天へと誘《いざな》うようだ。大きく息を吸う。

祈りの場は静まりかえり、怒れる王女の心を宥める。静謐《せいひつ》で一人になれるこの場所は甜湘も嫌いではない。

玉は天窓からの光を集め、淡く輝いていた。確かに美しい。天からの贈り物であることは間違いないだろう。天下を四つに分け、それぞれの国に授けられた玉は天に認められた王国の象徴であった。三百有余年の重みを持つ宝玉だ。

だが、これを守るために女王がいるわけではない。女王は国と民を守るためにいる。

そう思うと、甜湘はこの玉を叩《たた》き壊《こわ》してしまいたくなることがある。たかが玉に縛られているなんて悔しくてならない。

こんなところに玉を置いてひたすら拝んでどうなるというのか。それとも玉がなければ国はもっと荒れるのだろうか。天は拝んでほしくて、こんなものをくれたのか。

灰歌——昔語りの女英雄を理想に掲げられても困る。こちらは何の冒険も許されない、がんじがらめの小娘だ。

ここには、歴代の女王の骨の一部を納めた小さな石棺も並んでいる。十二代女王の石棺だけは空だという。十二代女王尚真は国より男を選んだ愚王だと蔑《さげす》まれている。だが、歴史書に残された内容は果たしてすべて真実なのだろうか。遥《はる》か未来、私は王国史になんと刻まれているのだろうか。

「灰歌様……私は玉を守るために生きたくない。それを許してはくれないか」

天よりも近い神、始祖王灰歌に訊《き》いてみたかった。

三

冬が終わり、ついに桃の花が咲き始めた。

二人目の胤を迎えなければならない。彭濤基に出した希望は、病気にならない丈夫な男ということだけだった。顔なんかどうでもよかった。いっそ性格も悪ければ、情けをかけずに済みそうだが、嫌な奴《やつ》がいいとも言いにくいので、そこまでは要求しなかった。

だが、要求しなかったことを甜湘は後悔した。

濤基が連れてきた胤は、こちらが申し訳なく思うほどの好青年であった。

名を志譲《しじょう》といい、逞《たくま》しい体をした四つ年上の男性だった。宗右と同じ、地方の貧乏貴族の三男だという。姓は教えてもらえない。

「甜湘様、弓の稽古ならば私にも付き合わせてください」

志譲は日に焼けた笑顔でこう言ってくれた。

今まで弓や剣の稽古をすることを嫌がられ、師匠もつけてもらえなかったのだ。だから甜湘の武芸はすべて自己流だった。

「志譲は上手そうだな。教えてくれるか」

「私などの手ほどきでよければ喜んで」

王族のための矢場は、兄たちが養子に出てから、甜湘が一人で使う以外、ほとんど人が来ることはなかった。そこを二人で整備した。志譲に稽古をつけてもらい、甜湘はみるみる上達した。

「ここまで腕を上げるとは、本当にお見事です。まさか王女殿下に弓を教えることになるとは思いませんでした」

「母にすらいい顔はしてもらえない。だが、王になるなら武芸の一つも必要だと思わないか。この手で国を守りたいではないか」

「ご立派です」

初めて褒められて、甜湘は頬を染めた。

「そうか。うん、私は間違ってないんだな。でも、荒事は神女にふさわしくないと皆申すのだ。始祖王灰歌は民を守るために馬を駆り戦ったのに、その辺はなかったことにでもなっているようだ。二言目には祭事祭事。祈禱《きとう》でなんとかなるなら飢骨など出ない」

「……そうですね」

「どうかしたか」

志譲の反応が気になった。

「私は何《か》の小領主の三男でした。そこは飢骨の被害を受けた土地です」

「そうだったのか」

「討伐に出た父は亡くなりました。思い出すだけで胸が痛みます」

暗魅や魄奇の討伐はそれぞれの領主に任せられている。要は王国軍は出せないと言っているのと同じだ。

「すまない、我らに力がないばかりに」

「いえ、胤としてここに来てようやくわかりました。女王陛下の難しいお立場を。一時でもお恨み申し上げてしまったことをお詫《わ》びしなければなりません。あ——いえ、申し訳ありません。身の上話をしてはいけないことになっていますのに、このような」

甜湘は頭《かぶり》を振った。

「いや、よく話してくれた。我らは恨まれても仕方がない」

「どうかお忘れください。立場をわきまえずとんでもないことを口にしてしまいました」

志譲は苦しげに顔を歪《ゆが》めた。恨みすらあった王の娘の胤として買われ、どれほどの辛苦を胸に溜《た》めていたのであろうか。

「私にはわからないのだ。志譲はどう思う。女王は天官としての役目だけ果たせばいいのだろうか」

問いかけてみたくなった。

「胤はそういった話をすることも禁じられています」

「そうなのか、どうりで」

宗右も政治的な話は避けていた。もちろん自分の身の上話もほとんどしなかった。おかげで天気がいいだの、花が綺麗だの、そんな会話しかできなかった。

「自我を持つなという意味だろう。志譲は腹がたたないのか」

「私は天の名代として、甜湘様が姫を授かる助けとなるために、ここにいるのです……それ以外の存在意義はありません」

そう言い聞かされてここに連れてこられたのだ。未来のある若い男が子種以外の価値を否定されるのだ。子ができても父とすら名乗れない。

「すまぬ」

甜湘に謝られ、志譲はたいそう驚いた。

「何をおっしゃいます、おやめください」

「私もときどき自分が嫌になる。こんな人を愚弄《ぐろう》した仕組みすら止める力を持たぬ」

「充分な報酬もいただきました。おかげで母に高価な薬も買えましたし、本当にありがたいことです」

ありがたいと言われても、慰めにもならなかった。

「……私は人を金で買って未来の女王を孕むのか」

この嫌悪感は神経質すぎるのだろうか。

「姫様、そのようなことは」

志譲は慌てた。

「宗右のように死なないでくれ」

「前の胤殿は病死と聞きました。私は健康が取り柄です」

病死なら仕方がない。本当にそうだと思えるなら、こんなに苦しんではいない。明確な殺意を持った何者かに対抗する手段として、健康などなんの役にたつだろうか。

「まだ少し冷えます……今日の稽古はここまでにしましょう」

志譲は弓矢を片付け始めた。

たとえ夫を持つことが許されたとしても、身分を思えば自然に想《おも》い合い夫婦になるなどありえないことだろう。それにしてもひどい。

女王になったら必ず止めてみせる。自分の娘にはこんな思いはさせない。


胤の是非について話をしてから、半月。

少し志譲との関係がよそよそしくなっていた。向こうが気をつかっているのがわかる。打ち明けてしまった心苦しさもあるのだろう。

それは甜湘も同じだった。志譲の悲しみを受け止めきれない。

こうなると当然寝所に招くまで至らない。胤から手を出すわけにはいかないので、こちらから呼び出さなければならないのだが、これがまた生娘には難関であった。

(なんとかしないと)

そう思うものの、どうしていいかわからない。

今夜子作りするぞと言えばいいのだろうか。もう少し婉曲《えんきょく》な言い方があるような気はするが、甜湘には考えつかなかった。

子供ができなければ志譲は〈処分〉されてしまうのだ。悠長に恥ずかしがっている場合ではないというのに。

悶々《もんもん》としていると、案の定、彭濤基に呼び出された。

侍女を連れ、部屋で向かい合う。濤基はいつも困ったような顔をしている。こんな表情をさせている原因の半分は父親で、半分は甜湘だろう。

「弓のお稽古もよろしいのですが……その」

「わかっておる」

やるべきことをやれ、と遠回しに言われ、甜湘は遮った。

「もしかして胤がお気に召さなかったのでしょうか。でしたら代わりを」

「そうではない。急《せ》かすな、こっちにだって覚悟がいる」

言い返すと濤基は困惑した。

「……もしかして、胤殿に好意を？」

王女が女の顔をしたとでも感じたのかもしれない。いちいちそういうことに関心をもたれているようで甜湘は苛立《いらだ》った。こっちにだって放っておいてほしい感情がある。

「悪いのか」

「いえ、初々しいのはけっこうなのですが、姫様はもう少し割り切ってよろしいのではないかと」

馬鹿にしているように聞こえるのは、彭一族が嫌いだからだろう。それにもし胤を替えたら志譲はどうなるのか。恐ろしくて訊くこともできない。

「だから心配せんでも子は作るっ。志譲はいい男で、大いに気に入っておる。今宵《こよい》、寝所に来るよう伝えておいてくれ」

勇ましく言い切って、甜湘は急いで自分の部屋に戻った。

(言ってしまった)

真っ赤になって寝台に倒れ込み、枕《まくら》に顔をうずめる。

「……今夜」

どうしよう。今から心臓が破裂しそうだ。

経緯はどうであっても愛情を育《はぐく》めばいいのだ。そして女児を産む。そうすれば胤は死なない。軟禁されるかもしれないが、こちらが女王になれば、いつか志譲を解放することもできるだろう。そうしてみせる。


だが、夜になっても志譲は現れなかった。緊張で張り裂けそうになっていた甜湘の胸は重く沈んでいく。

(私は……志譲に拒まれたのか)

よんどころない事情があったなら連絡くらいあるはずだ。それもないということは、どうしたことだろう。一世一代の覚悟が空回りしたようで、惨めな気持ちだった。

一睡もできないまま夜が明けた。春だというのに凍りつくような寒い朝だった。

まもなく侍女の悲鳴が王宮に響き渡った。

自室の窓の下で冷たくなっている、胤が見つかったのだ。

第二章　都の風

一

他国までひとっ飛びとはなかなかいかない。

長い距離を飛ぶといささか疲れるようになっていた。黒い翼の耐久性に文句を言っても仕方がなかった。所詮《しょせん》、罪の証《あかし》だ。

猫をかぶっての六年間の宮仕えは楽ではなかった。なにしろ不倶戴天《ふぐたいてん》の敵に仕えていたのだから。今は裏雲《りうん》は文字どおり隣国で羽を休めていた。宿屋の二階から王都の街並みを眺め、徐《じょ》とは違った趣を楽しむ。

この国にも以前来たことはあったが、少しばかりきな臭くなっているように感じた。使役している二体の暗魅《あんみ》を偵察に出しているが、その手の機動力を考えれば羽付きもほしいところだ。

天下四国《てんげしこく》には、暗魅と魄奇《はくき》という魔物がいる。魄奇は人のなれの果て。飢えて死んだ者の魂の集合体である飢骨《きこつ》などがその代表格。暗魅は母を持たず、闇《やみ》より生まれ闇に還る。似た生き物はあるが、生命とは一線を画する存在だ。

暗魅の中でも騎乗できるもの、人に姿を変えられる人花《じんか》と呼ばれるものは、使役が可能であった。もちろん、そんなことができる者は限られている。裏雲はその数少ない人間の一人だった。もっとも、胸を張って人間とは言えない身ではあるが。

裏雲は現在二体の人花を使役しているが、なかなか役に立つ。密偵から暗殺までこなせる彼女たちは心強い手駒である。

（あれがほしかったな）

ふと、寿白《じゆはく》殿下が飼い慣らした天令《てんれい》を思い出した。那兪《なゆ》という名の天の使いだ。美しい蝶《ちよう》になり、愛らしい銀色の髪の少年にもなる。天令には男も女もないのだから、その気になれば少女にもなれるのかもしれない。なにより光となって千里を駆け抜けるのだから、その万能さははかりしれない。とはいえ忌《い》み人に光の者を使役できるはずもない。

さても、殿下はよく手懐《てなず》けたものだ。利用価値の高いものを味方につけられる才があるのだろう。憎たらしい。

「この私が良《い》い見本」

操るのは獣だけにしてもらいたいものだ。

徐国を取り戻し、殿下に玉座を捧《ささ》げる野心は半分しか叶《かな》わなかったが、あそこまでいかがわしい男になってしまったのではそれも致し方ない。

殿下の御為に――それればかり考えて泥にまみれても生きてきたというのに、甲斐《かい》のないことよ。もっと恨み言を言っておけばよかったとつくづく思う。宦官《かんがん》などやるものではない。すっかり女々しくなってしまったようだ。

後宮に入るとき適当に目くらましをかけて誤魔化したので、去勢などしていないというのにどうしたものか。

一緒にいたいと懇願されたのを強がって袖《そで》にしたのはいいものの、今も気になって仕方がない。

「殿下はどこに向かったものやら」

王都の夕焼けを眺めながら、焦がれるはあの不肖の殿下のこと。

目的を失い、もはや天の火刑を待つばかりの身は最後に何を為《な》すべきなのか。いつまでも虚脱していても仕方ないのに。

老い先短いのであるならば、面白可笑《おもしろおか》しく生きたいところだ。ところがたとえ黒い翼でも翼仙《よくせん》は翼仙。どこか享楽に走れないところがあった。殺した白翼仙《はくよくせん》の禁欲的な精神構造まで受け継いでしまったのだろうか。

（忌み人が翼仙を気取るなど笑止）

どれほどこの手で殺《あや》めてきたことか。罪の数を数えれば庚王《こう》にも劣らないだろう。

徐国の大将軍の子として生まれ、寿白殿下の乳兄弟として育ち、輝かしい未来しかなかったはずの子供は黒い翼を纏《まと》った。

「おや」

窓から子猫が忍び込んできた。青みがかった灰色の毛並みが美しい。部屋の床に降りると、子猫は一瞬にして少女の姿になった。

「ご苦労、宇春《うしゅん》。ところで月帰《げつき》が三日ほど戻らないが知らないか」

月帰とは蛇の暗魅だ。宇春と月帰、裏雲が使役する人花である。

「……月帰はたぶんもう戻らない」

「何かあったのかな」

「他の男を選んだ」

裏雲は目を丸くした。

「それはそれは。まあ、仕方のないこと」

人花は相手を選ぶ。気まぐれで何かの拍子に主人を替えることもざらだ。人花を使役できる者はまれだが、よほどいい男に出会ったのだろう。それならけっこう。月帰には庚王を殺してもらったのだ。もう充分だった。

「宇春は私といていいのか」

「……ここにいる」

無愛想だが愛らしい猫だ。

「ありがとう。それで、何かわかったことはあるか」

「世継ぎ争いになっている。軍も混乱している」

やはり、どこの国も似たようなもの。

そんな国々を回り、殿下は何を得るのだろうか。あのやさぐれ男に天が何かを求めているというなら、この黒い命が尽きるまでに見届けたいものだ。

(動向くらいは知っておかねば)

夕日が沈み、王都に黄昏《たそがれ》が降りてくる。昼が夜に制圧されるこの一瞬。暗魅が生まれるのはきっとこんな刻《とき》。

「そろそろいいかな」

裏雲はふうと息を吐くと、翼を広げた。黒い艶《あで》やかな翼が、世界を夜に染めていくかのようだ。

「留守番をしておくれ。マタの実を土産《みやげ》に持ってくるよ」

央湖《おうこ》の近くには暗魅の巣が多い。当然、猫の人花が好むマタの実もある。とはいえ、それはこの際ついでのようなもの。

狙《ねら》いは他国まで飛べる翼を持つ人花だった。月帰の代わりというわけではないが、殿下がどこにいて、何をしているのかを探ってもらいたかった。

なにしろ選ばれるのはこちらだ。なかなか好みの〈娘〉に見初めてもらうのも楽ではないが、そこは獣の雄にでもなったつもりで真摯《しんし》に求愛するしかない。

風に乗り、裏雲は二階の窓から飛び立った。人目につかないよう高く上がる。仮に見られたところで、翼の色まではわからない。無条件に白翼仙だと思われるだけだ。

天下四国の真ん中。冥府《めいふ》の入り口とも言われる央湖。月明かりすら映さない湖面はただただ黒く光沢もない。そこを目指すのだ。

誑《たら》し誑され、鳥の人花も見つかるだろう。

殿下は獣を操る。私は魔物を操る。陽と闇、それとも聖と邪《じゃ》か。

愛《いと》しの殿下。私はあなたに死に様を晒《さら》したくなどないのだ。そのくらいの誇りはある。それでもあなたがどうしているか知りたい。どうしてこうも歪《ゆが》んでいるものやら。

夜空を駆けるように、裏雲は央湖へと飛んだ。

二

乾いた国だな、と少年は思った。

それが燕《えん》国王都黄呂《こうろ》に入っての感想だった。夏の空は突き抜けるように青いが、徐国に比べると湿気がない。

街行く人々の装束は、やはり西異境の影響を受けているようだ。前で垂らした帯と鮮やかな刺繍《ししゅう》が目に付く。とはいえ、貧しい者の格好はどこでもそう変わらない。

「風が強いな。これじゃ蝶々になってたら飛ばされてたろ」

飛牙《ひが》が相棒に向かって軽口を叩《たた》いた。

「黙らんか。蝶々ではないと何度言えばわかる。あれは――」

「はいはい、天令万華《てんれいばんか》だろ」

少年の姿をした天令は、不満げに頰をふくらませた。

「そなたも素行不良で捕まるようなことのないように。素性がばれたら外交問題になりかねないのだ」

元徐国王とは思えないほど軽い男だ。何本でも釘《くぎ》を刺しておかなければならない。

「わかってる。徐が再興したって話はもうこの国にも届いているみたいだったしな」

一度は滅んだ徐国はその十年後の天下三百十三年、なんとか国を取り戻した。もっともあれは徐を滅ぼした庚が悪政に次ぐ悪政で自滅したようなものだった。

まあこの男も元王様として少しは貢献した。ほんの少しは。

飛牙との関わりで、天へ戻ることができなくなった那兪は、仕方なく一緒に旅をしていた。天下四国の現状をこの目で確かめ、天により良きことを言上できるならいつか戻れる日も来るだろう。

王都に到着するまでの間にも、燕の国情は充分伝わってきていた。

はっきり言って思わしくない。例によって干ばつによる飢骨も出たという。干ばつは天災ではあるが、被害を減らすことは政策によって可能だ。水路の充実、食料の備蓄。そうしたものをおろそかにするから飢骨は生まれる。

女王は何をしているのかと腹立たしくなる。天下四国の始祖王の中でももっとも天に近いと賞賛された灰歌《はいか》の血を引く娘たちではないか。

天官にして女武者――四人の始祖王の中でも唯一の女王ということもあり、那兪にとっても特に印象に残っている。白馬にまたがり自ら先頭に立って敵との和議に向かう姿は美しくも雄々しく、見る者を圧倒したものだ。

その灰歌の子孫なのだ。噂《うわさ》では摂政のほうが権力を握っているようだが、そこを締めてかかるのが王たる者。

（まったくどこもかしこも）

　せっかく天が授けた国をなんだと思っているのか。

　ここへ来るまでの間、荒れた農村をいくつも見てきた。州の管轄だとしても王国である以上王の責任である。

「このままではこの国も危ない」

「まあな」

　そんな会話を何度してきたことか。

「だけどま、よその国だし俺がどうにかできるもんでもない。せいぜい物見遊山《ものみゆさん》を楽しむことにするわ」

「黒翼仙《こくよくせん》を救う方法を探るのではなかったのか」

「そのためにも少しばかりヤバめのところに入っていく必要があるんだよ」

　飛牙は色街の方に目をやった。

「私は行かないぞ」

　欲望の溜《た》まり場は気が黒く、天令には向かない。

「王宮を探索するのか」

「また内乱が起きて王朝交代などとなれば天の威光にも関わる。調べておきたい」

　もちろん、干渉する気はない。もう巻き込まれて利用されるのは御免だった。

「捕まるなよ」

確かに一度捕まっているが、相手は性悪の黒翼仙と暗魅だった。それもほんの少し油断したせいだ。

「ただの人間なんぞに捕まるものか。そなたこそ間男で騒ぎを起こすでないぞ」

「おう。相手は選ぶわ」

「痴《し》れ者《もの》が。やるなと言っておるのだ」

まったくこの元徐王は、品性を保つ気が微塵《みじん》もないらしい。

こうして那兪と飛牙は別行動となった。飛牙の体にはすでに玉《ぎょく》は入っていないが、まだ残照のようなものがあり、捜し出すことは容易だ。

（まったく、裏雲裏雲とうるさいことだ）

その名を聞くと少しばかり苛《いら》つく。

あんな男を助けてどうしようというのか。拒絶したように見えて、向こうも〈寿白殿下〉に未練タラタラに見えた。どうせいずれまた交わる。

黒翼仙などと関わればますます不良化しそうで、正直縁を切ってもらいたい。王としての最低限の品性はまだ残っていると信じたいのだから。

もしかしたら不肖の息子を持つ母とはこんな気持ちなのかもしれない。

「さて、王宮は向こうか」

徐とは建築様式も多少異なる。城の上部が尖《とが》りのある球体をしていた。女王の城にふさわしい優美な形状である。

天令は歩き出した。上から見下ろしただけではわからない都の空気を感じるために、街中を行く。

こんなに真面目なのに何故《なぜ》天から追放されてしまったのか、納得がいかない。確かにかなり人の世に介入してしまったが、現場にいれば流れというものがある。上のほうはその辺をわかっていない。

十三、四にしか見えない少年は天の不条理を嘆きつつ、歩を進めた。

燕国に入ってから道中聞こえてきた不満は、摂政に対するものが多かった。女王はと訊《き》けば、皆笑ってあれは飾りだからと言う。

ある意味、前徐の末期や庚より複雑な状況にあるように思えた。権力を握る摂政は表にはあまり出ず、そして飾りの女王は決して暴君というわけではない。怒りの矛先をどこに向ければいいのかわからなくなっているのだ。

庚王のように疑心暗鬼から術師や知識人を処刑しまくるということもないらしい。ただ、王政に異を唱える者は突然病に倒れるという。首筋に黒い線が浮かび上がり、根が這《は》うように顔にせり上がっていき、黒い血を吐いて一日で死ぬらしい。

(おそらく毒か呪術《じゅじゅつ》だ)

刃向かう者にあたかも天罰が下ったかのような恐怖を与えることができ、反乱の芽も潰《つぶ》せる。

あからさまに殺しまくった庚王のやり方より、よほど狡猾《こうかつ》で卑劣とも言える。抑圧は人の魂を殺す。緩やかにこの国は自害していくのだ。もしかしたらもうあとがないところまできているのかもしれない。

天令としては若造だが、那兪は数千年生きている。あらゆる国の栄枯盛衰を見てきた。王朝交代するような情熱もないのだから、燕はいずれ周辺の国に吸収されることになるのではないか。それもまた人の世の歴史なので天令がとやかくいうことでもない。

「関わらない、干渉しない」

呟《つぶや》き、強く自分を戒めた。

王都はそれなりに賑《にぎ》わいをみせている。物売りの声が重なり、荷車が走る。砂埃《すなぼこり》が舞い、時折視界が悪くなる。

王宮に近づいたところで、家屋の間に隠れると周辺を確認してから那兪は蝶の姿になった。そのままひらひらと上昇し、王宮へ飛んでいく。

（では……そうだな）

夫を持たず、清らかに子を孕《はら》むという噂の、ずいぶんと人間離れした女王や王女たちをまずは観察させてもらうとしよう。

三

小姑《こじゅうと》のような天令と別れ、飛牙はせいせいしたように背筋を伸ばした。

あれも駄目、これも駄目とまあうるさい。徐王寿白から解放されても、元王様という肩書を外してくれる気はないらしく、品位を持て、私を呆《あき》れさせるな、と注文が多い。

とはいえ世話になったのは確かだった。那兪が天に戻れなくなってしまった原因は自分にある。

那兪が天に帰るのを見送り、裏雲を助ける。追われ続けた頃に比べればずいぶんと自発的な目標だった。

那兪はそなたなどに何ができると言うだろうし、裏雲に至っては凍りつくような冷たい目で見られそうだが、それでもやりたいからやる。

(これは重荷じゃねえんだよ)

自分で決めたやりたいことだ。

まだ日が高いので、軒並み妓院《ぎいん》も閉まっている。

飛牙は営業している飯屋《めしや》に入った。店には茶色い髪をした女給仕がいた。この国では西異境の血を引く者も少なくない。

人はやってくる。居場所をなくせば、人は覚悟を決めてどこへでも旅立つものだ。ただここは砂漠と大山脈で異境と隔絶している。南異境に入るより苦労を強いられるだろう。

西に聳《そび》える山々を西咆《せいほう》山脈といい、強国がひしめくと言われる西異境からの侵攻を防いでくれている。四つの山脈が天然の要塞《ようさい》として包み込み、天が見守る地が天下四国なのだ。

暗魅や魄奇の存在も天下四国独特のもので、少なくとも南異境にはいなかった。もっとも異境には異境の鬼がいる。

暗魅は闇から、魄奇は人の残した怨念《おんねん》から生まれる。暗魅に関しては人が解決するのは難しいだろうが、魄奇なら王の善政次第で確実に減らせるのだ。

「お客さん、どこから来たの？」

うっすら青い目をした女給仕が気さくに話しかけてきた。

「徐だよ」

「そうなんだ。ねえ、あそこって徐から庚になってまた徐に戻ったんだよね」

女は興味津々で前の椅子《いす》に座った。客も少ないので店主も気にする様子はない。

「ああ、そうだ」

「なんか、こう滾《たぎ》るよね。そういうの。だって、民衆が国を動かしているって感じじゃない。それに比べるとこの国はなんというか、うーん」

「平和に越したことはないだろ」

「全然。どこが平和だか。戦《いくさ》がなきゃそれだけでいいってもんじゃないわよ」

旅の途中でこの国の現状は見聞きしている。大きな内乱はなくとも衰亡の因子が澱《おり》のように沈殿していた。

「そうなのか？」

「そりゃあもう、腐敗、収賄に暗殺。なんでもありよ。どす黒い国よ。ここの人間を信用しちゃ駄目だからね、あたしも含めて」

気のいい女だが、意外に世の中の裏にも精通しているのかもしれない。

「姐《ねえ》さん、名前を聞いてもいいか」

「いいけど、色男でも春は売らないからね。あたしは美暁《びぎょう》」

「俺なら売ってもいいけどなあ。ああ、俺は飛牙。よろしくな」

軽口を叩き合い、名乗ったことで話が弾んだ。店主の許可を得て、美暁に酒を振る舞った。こういう流れから情報が入ってくるものだ。けちってはいけない。

「老若男女を問わず？　お客紹介しようか？」

紹介料は貰《もら》うけど、と付け加える。男娼《だんしょう》に客の斡旋《あっせん》をしようとは、なかなかたいしたタマだ。飛牙としてはそれで金を得てもいいのだが、昔からいざとなると裏雲の顔が浮かんだものだ。どこか面目ないという気持ちがあったのだろう。最後の誇りとか、今更もいいところだと思う。

「やめておく。弟がうるせえんだよ、天に恥じない人の道とは、とか言い出して」

旅の間、那兪のことは弟で通している。この〈弟〉がいたおかげで、この身から玉がなくなっても暗魅の類いに襲われることはなかった。

「ごめん、笑っちゃった。立派な弟さんねえ」

「天上人かってくらい立派だよ」

「兄弟で仕事に来たの？　出入国の手形発行されているなら、ちゃんとした商売人なんでしょ」

「そういうことにしておくわ」

「ああ、抜け道なんていくらでもあるものね。燕の関所も賄賂《わいろ》でいくらでも融通がきくようだし」

もっと口が滑らかになるように、美暁の杯に酒を注ぐ。

「やあだ、呑《の》ませないでよ。まだ仕事あるんだから」

「そう言わず付き合ってくれよ。女王の国なんだし、ここはさぞや女も暮らしやすいんじゃねえのか」

「とんでもない。女の仕事なんて下働きか妓女《ぎじょ》しかないわよ。陛下はお祈り人形なの。よきにはからえってやつよ」

けっこうな雑言を臆面《おくめん》もなく口にする。

「そんなもんかい。なあ、お袋にお守りを買っていきたいんだが、腕のいい術師とか知らないか。庚のとき術師が大勢処刑されて、そういうもんまでなくなってさ。その点、ここは天官灰歌の国だ、術師も多いんじゃないか」

「へえ、大変だったんだ。術師なら、そうねえ。ねえ旦那《だんな》、秀成《しゅうせい》なんてどうかな」

美暁は店の奥にいた店主に話を振った。

「あんな地仙《ちせん》くずれにまともなもんが作れるかよ」

地仙と聞いて飛牙はほくそ笑む。翼仙に関することを訊くなら、ただの術師より地仙のほうが都合がいい。

「いや、まずその男のところに行ってみるわ。場所を教えてくれるか」

代金及び謝礼として多目に銀を置く。

「いいわよ。じゃ旦那、この人案内してくるわ」

美暁はほろ酔いで立ち上がった。二人揃《そろ》って店を出る。

「姐さんは西異境から来たのか」

「それは曾祖父《ひいじい》さんよ。あたしの髪と目の色は先祖返りでしょうね。異境どころか都から出たこともないわ」

「西咆山脈を越えてきたくらいだ、さぞや曾祖父さんは猛者《もさ》だったんじゃないのか」

「その武勇伝、よく父親から聞かされたわ。あの山には泣き妖妃《ようひ》って呼ばれる暗魅が住み着いていて、そのすすり泣きを聞くと耳から血が出て死んじゃうんだって」

「初めて聞く暗魅だな。どっちかっていうと魄奇なんじゃないか、そりゃ」

かつて人だった魄奇には人の記憶らしきものがある。だから涙や怒りを見せたりすることも多い。逆に暗魅にはそれがない。

「どうかしらね。まあ、子供に山に入るなっていう脅しなんでしょうけど」

案内された場所は一目でわかる貧民街だった。今にも崩れそうな家屋と溝《どぶ》の臭いはどこも共通らしい。それでも乾いた気候の分、徐よりいくらかましかもしれなかった。

「旦那はああ言ってたけど、秀成はすごい物知りよ。でも人付き合いをせず、ひっそり暮らしているわ。偏屈というよりあたしには怯《おび》えているように見える。誰かに追われているのかしらね——えっと、確かここの二階よ」

なめし革の工房の上だった。作業をする男たちは木の皮でも剝《む》くように黙々と作業していた。

「これ上るの怖いんだ。だからここまでね」

美暁は工房の脇《わき》にある梯子《はしご》を指さした。確かに女にはきつそうだった。

「ありがとな」

「またご飯食べに来て」

帰っていく美暁を見送り、飛牙は梯子を上った。かなりガタが来ている。足下に気をつけながら、二階の戸を叩いた。

「おーい、秀成さん、いるかい」

返答がなかった。

「秀成さん、入ってもいいか。入るぞ」

鍵《かぎ》などついている家ではない。ガタガタと音を立てて戸を開けてみた。

「……いないのか」

中は薄暗く、人の気配もなかった。

「飯屋の美暁の紹介で来たんだが」

そう言うと、奥から音がした。蠢《うごめ》く影が見えて、近づいてくる。這うように男が姿を見せた。

「……美暁の？」

むさ苦しい格好をした男が怯えた顔を上げる。無精髭《ぶしょうひげ》でわかりにくいが、歳《とし》の頃は三十ほどだろうか。

「そう。あんたが秀成さんか」

「戸を閉めてくれ。大きな声を出すな」

言われて飛牙は戸を閉めた。

「……何の用だ」

秀成は体を起こし座り直したが、何かあったら攻撃するぞと言わんばかりに細長い材木を握っていた。

「俺は飛牙という。あんたは元は地仙で物知りだと聞いた。その知識の中に俺が知りたいことがあるかもしれない」

「何を知りたい？」

「黒翼仙のことだ」

秀成の目が極限まで見開かれた。体を震わせたかと思うと、材木を振り回した。

「出ていけっ、出ていけ」

「おい、なんだ、どうしたよ」

慌てて身を守り、材木を片手で受け止めると取り上げた。

「……殺しに来たのか」

「なんでそうなる？　俺はあんたの知識に頼りたくて来たって言ったろ。術師で地仙だったと聞いた」

「あ……ああ」

認めたものの、まだ警戒を解こうとはしない。

「頼むから落ち着いて聞いてくれ。黒翼仙を救う方法が知りたいんだ」

秀成が絶句したように見えた。

「救う……？」

「俺の友人が黒翼仙になってしまった。いずれ天の怒りで死ぬと聞いたよ。なんとかできねえかな、助けてえんだよ」

飛牙は秀成の両腕を摑《つか》んだ。

「黒翼仙……いるのか」

「頼む。どんな大罪人だとしても、俺にとっちゃ肉親以上の男だ」

「無理だ。そんな術も祈禱《きとう》もない」

振り絞るように言われ、飛牙は手を離した。

「ないのか」

「天が許すしかない」

「どうすれば許される？」

「だからわからない。むしろ許さないから天は天として存在している」

なにやら哲学的なことを言われ、飛牙は考え込んだ。

(許さないから天。……ってことは堕《お》ちた天令が戻ることも無理なのか)

秀成は両手で顔を覆った。

「天に慈悲はない。慈悲はすなわち介入だからだ」

人の世には介入しない――何度、那兪から聞かされただろうか。

「改心しても駄目か？」

すぐに殺すわけではなく、十年という猶予期間があるのは、そういうことかもしれないと思っていた。

「更生するもしないも悪党の勝手だ。そんなことに天は興味がない。黒翼仙とは地上でもっとも天の関心を失った者なのだ」

「じゃなんで十年後なんだ」

言いにくいのか、秀成も苦しそうに顔を歪める。

「これは暗喩《あんゆ》になるが、黒い翼自体が毒だと思えばいい。その毒が回って死ぬのが十年後ということだろう。実際は火のようだがな。それまで苦しむのも罰なのではないか。もちろん、具体的にどういう死に方なのかは知らないが」

飛牙は言葉を失った。

「……天の毒？」

ようやく声を振り絞る。

「そういうことだ。君はいい奴《やつ》だな。だが友達は助けられない」

絶望的なことを言われ、飛牙は頭を抱えた。

「俺は……諦《あきら》めねえ」

「そうか。その友達とやらが羨《うらや》ましいよ」

地仙くずれは疲れた微笑《ほほえ》みを浮かべていた。

「もう一つ訊いてもいいか。堕ちた天令について何か知らないか」

「次はそれか。君はどういう人間なんだ」

少しばかりの好奇心が、この世捨て人にも生まれたようだ。

「ただのつまんねえ色男だよ。それより天を追い出された天令はどうなる？」

「私も見たことはない。歳月と共に天令としての意識が薄れ、ただ人に仇《あだ》なす怪物となるようだ。暗魅などとは比べものにならない災厄を招くだろう。今から六百五十年前に二百日間にわたって、雨が止《や》まず雷が鳴り続けたという大災害を知っているか」

「宥韻《ゆういん》の大災厄だな」

この地が宥《ゆう》と韻《いん》という二つの国で争っていた時代のことだ。結局このとんでもない天災でどちらも滅んでしまったという。

「あれこそ堕ちた天令が起こしたものらしい」

想像を絶する話だった。となると今の那俞は破滅の卵のようなものだ。

「どうすれば助けられる？」

「助けるとは天令をか？　君には堕ちた天令の友人もいるのか」

むしろ黒翼仙と天令しか〈友人〉はいない。

「いや……えっと、これはただの好奇心だ」

「とにかく、天令は天の一部。その行く末は天が決めることだろう。堕天ののち戻ることがないわけではないようだ。天には天の考えがある。私もよくは知らない」

つまりこちらは、まだ見込みがあるということだろうか。

飛牙は立ち上がった。

「ありがとな。また来るかもしれねえけど、襲わないでくれよ」

「いや、来ないでくれ」

かなり本気で言われた。冗談ではなく関わりたくないのだろう。

「そう言うなよ」

秀成の家を出ると、なめし革の臭いがぷんと鼻をついた。

手段がないと決まったわけではない。知っている者がいるかもしれない。天下四国はまだまだ広い。この国が駄目なら越《えつ》か駕《が》に行くまでだ。もっとも駕は出入国を禁止しているようだが、国境を塀で覆いつくせるわけではない。山脈越えを経験している身としては何も怖くなかった。

四

　蝶が多い季節なので紛れやすい。その分、側に寄ってこられることもあるが、虫は騒がないので問題はなかった。

　ただし肉食の鳥や小動物には気をつけなければならない。もう二度と猫もどきなどに捕まるものか。天令の恥だ。那兪は気を引き締めた。

　燕の王宮は徐と趣が違う。これはおそらく後宮がないからだろう。後宮がなければ宦官もいらない。その分、城を小さくまとめることができる。

（あれだな）

　那兪は王宮の中庭で、若い女と官吏が話しているのを見つけた。女のほうは身につけた装束からして間違いなく王女だろう。侍女らしき者も後ろに控えている。

　王宮の小さな中庭というのは解放感がありながら秘密の話もしやすい場所のようだ。中庭の木に留まって耳を傾ける。

「その話はもうするな」

　王女は不機嫌だった。言葉遣いに女らしさは欠けるが、顔立ちはおそらく整っている。

「ですが、甜湘《てんしょう》様は十八です。そろそろ御子が――」

「黙れ。もうたくさんだ」

王女はぷいと顔を背けた。うんざりを通り越して怒りが表情に滲《にじ》み出《で》ている。

「お気持ちはわかりますが、このままというわけには参りません」

官吏は食い下がった。

「気持ちがわかるだと。わかるはずなどない。胤《たね》を二人見送ったのだ。この王宮で私は人喰《ひとく》い姫と呼ばれている。それほど不吉な存在になってしまった。もう胤などいらぬ。私は何度遺体に取《と》り縋《すが》って泣けばいいのだ？」

王女は中庭から出ようとした。それを官吏が引き留める。

「甜湘様は胤に同情しすぎなのです。彼らを人と思ってはなりません」

王女の双眸《そうぼう》が怒りに燃えた。

「思うなだと。宗右《そうう》も志譲《しじょう》も人だった。ちゃんと血が通っていて、温かくて誰よりも人だった」

若い官吏は困ったように吐息を漏らす。

「このままだと重臣からも昭香《しょうこう》様を名跡姫《みょうせきひめ》にと考えるものが出ないとも限りません」

「それが目的か」

王女は憤怒《ふんぬ》を隠そうともしなかった。

「昭香を女王にするために私の胤を殺したのか」

「何をおっしゃいます。そのような……」

さすがに男は狼狽《うろた》えていた。

「私はこのとおりおまえたちの思いどおりにはならない。だから昭香のほうが都合が良いのだろうが」

官吏は辺りを見回した。

「そのようなこと……どこに耳があるか」

「庚は滅び徐が再び興った。国は生き物だ、いつも変わっていく。この国だけは腐れたまま変わらないとでも思っているのか」

庚軍に追われ死んだと思われていた王太子が徐を再び興したという話は、この王女の耳にも届いていたらしい。

「天官であらせられる女王陛下は国の安寧を祈るものです。変わることを望むような言い方をなさるのはよろしくありません」

「今のこの国に安寧などどこにある。良いほうに変わればよかろう。少なくとも私は変わりたくてうずうずしている。最初に変えたいのは胤のことだ」

眉根《まゆね》を寄せる官吏を睨《にら》み、王女は鼻息荒く宣言した。

「……胤は病死と事故死です。たまたま偶然が重なっただけでございます」

「濤基《とうき》、私を騙《だま》せると思うな。そこまで愚か者だと思っているのか」

射るような目で濤基と呼ばれた官吏を睨み付け、甜湘は中庭から出ていった。

残された濤基は、途方に暮れているようにも諦めているようにも見えた。長い溜《た》め息《いき》が漏れる。

王女を追うべきか考えた那兪だったが、新たな人物が中庭に入ってきたことでもう少しここで様子を見ることにした。

「……ごめんなさい」
十五、六の少女であった。これもまた装束からして王女であろう。
「姉様がひどいことを言って」

これが妹姫の昭香らしい。今までの会話を聞いていたようだ。

「いえ、そのような」

「濤基だって辛いのでしょう。お父上から責められ、姉様からは怒りをぶつけられ、板挟みになっている」

「務めですから」

「女王になるのは姉様しかいません。私はそのような器ではありません。私からも姉様に話してみます」

妹は女王になりたいとは思っていないらしい。もちろん、そのように見えるというだけで、腹の底まではわからない。

「昭香様、ありがとうございます」

「よろしかったらお茶を付き合っていただけませんか」

少女はおずおずと男を誘った。

「申し訳ございません。父……いえ、摂政閣下がこれから陛下と会見なさるとのことで王宮に参っております。私も立ち会うことになっておりまして」

「そう……ではお務めを果たしてください」

二人はその場で別々の方向に去っていった。

那俞は濤基のあとを追うほうを選んだ。摂政と女王を一度に見ることができる。飛ぶのが面倒になって、那俞は濤基の肩に留まった。

(この男は摂政の息子のようだが)

果たしてどういう気持ちでいるものやら。旅の途中、摂政を事実上の暴君と呼ぶ者もいた。暴君の息子は暴君なのか興味はある。

胤という存在も気になった。夫を持たない女王や王女を懐妊させる役目の男らしいが、女王は天から子を授かるなどというとんでもない綺麗事《きれいごと》のせいで、存在すら認められないらしい。

その胤が二人続けて不審死を遂げたということだろう。名跡姫が新たな胤を持つことを嫌がるのも無理はない。

甜湘の推測はあながち間違ってはいないのかもしれない。あの強気な姫では摂政も苦労するだろう。妹姫に替えたいと思っても不思議ではない。

(だが、それこそ王として正しいはずだ)

王となる者が強気でなくてなんとする。那兪は少しばかり甜湘を応援したい気持ちになっていた。

「彭仁旺《ほうじんおう》。甜湘がこの場であなたと話をしたいと申しています。招き入れますが、よろしいですね」

女王は玉座に座り、ゆったりとした口調で摂政に話しかけた。

「それはなりませぬ」

彭仁旺は即座に反論した。恰幅《かっぷく》の良い髭《ひげ》の男だった。

「なにゆえ」

「名跡姫におかれましては、まずは御子を生《な》すことを一番に考えるべきかと存じます」

「その点に関しても話したいようです」

「私に我儘《わがまま》を拝聴しろとおっしゃるのですか。義務も果たさぬ名跡姫にそこまで折れる謂《い》われはございませんな」

摂政の言い様は女王に対するものとは思えなかった。さすがに女王の表情が曇る。

「胤のことですが、私もいま一つ腑《ふ》に落ちません」

「病と事故。よくあることではございませんか。つまらぬことを」

摂政は心底面倒くさそうに言った。胤など人の数に入らないと言いたげだ。

「二人目の胤はなかなか屈強だったと聞きます」

「どれほど健康でも死ぬときは死にます」

「柵《さく》もある窓から落ちるものでしょうか」

「これは言いたくございませんでしたが、自害の可能性もあるかと存じます。甜湘様はきついご性格ゆえ……」

女王の柳眉《りゅうび》が逆立った。

「なんということを。甜湘が胤を自害に追い込んだとでも言うのですか」

摂政の背後で濤基が不安そうに見つめている。

「父上、言いすぎです」

「おまえは黙っておれっ」

口を挟んだ息子を一喝した。

「下がりなさい。熟考したいゆえ、その新税率とやらの書面には今日は署名しません」

おっとりとした女王も反撃に出たようだ。

「いやっ、しかしですな」

「聞こえなかったか、下がりなさい」

美貌《びぼう》の女王の冷たい怒りに触れ、これ以上は無理だと悟ったか、彭親子はすごすごと謁見の間を出ていった。

二人は濤基の執務室らしき部屋に直行した。

「まったく。黙って言うことだけ聞いておればいいものを」

どっかりと椅子に腰をおろし、彭仁旺は渋面を作った。相当頭に血が上っているようだった。

「父上は陛下に対し、口が過ぎます」

「この国を統治しているのは私だ。何もできない女が偉そうに」

親子二人だけの会話とはいえ、とんでもないことを言う。

「ここは王宮です。そんなことを言ってはいけません」

「仮に聞こえたところでなんだというのだ。女王に私を罰せられるものか」

「先代からの重臣、張瑞丹《ちょうずいたん》殿も父上の態度に苦言を呈しているではありませんか」

「あの老いぼれが」

忌々しげに顔を歪めた。

「父上は近頃ずいぶんと苛立《いらだ》っていらっしゃる。お休みになっては」

濤基は水差しから器に水を注ぎ、父親の前に置いた。

「当たり前だ。洪全《こうぜん》は足腰が立たず、もう長いこと臥《ふ》せっている。こんなときに小娘に舐《な》められるわけにはいかんのだ。必ず、胤を取らせるぞ。何人か見繕って有無を言わさず送り込め。女など関係を持ってしまえばなんとでもなる。あの姫様も生娘《きむすめ》でもあるまいし、何を温《ぬる》いことを言っているのやら」

「胤のことですが、若い健康な男が続けて死ぬというのは甜湘様でなくとも不審には思います。偶然で誤魔化せることではございません」

濤基はおずおずと口にした。どうやら胤が続けざまに死亡した件はこの男もおかしいと思っていたらしい。

「おまえは何が言いたい。私が胤を殺したとでも言うのか」

息子を憎々しげに睨んだ。

「いえ、そのような」

濤基は震え上がった。

「私は誰よりも歴史と伝統を重んじている。王位は長女相続が基本だ。そこを違《たが》えれば国の根幹が崩れる。王と国あってこその摂政だ。だいたい胤を殺すなどまどろっこしいことをするくらいなら、いっそ──」

「……いっそなんですか？」

濤基は怯えたように訊《たず》ねる。

「うるさい、なんでもない。それより小娘一人に何を手を焼いておる。情に絆《ほだ》されるな。おまえは昔からそういう弱腰なところがある。確かにおまえは庶出だが、私の息子には変わりないのだ」

「はい……」

「あとで有為《うい》をよこし、新税率がいかに必要か陛下に説明させる。おまえも万事つつがなくやれ。私は帰る」

大人しい息子を圧倒するように、摂政は部屋を出ていった。

洪全とは彭仁旺の長男で、有為というのは次男だ。都に着くまでの間、その程度の知識は入れておいた。

洪全は軍の偉いさんだと聞いているが、どうやら病に臥しているようだ。有為は財務院の官吏で、なかなかやり手らしい。摂政の息子は庶子も含め、この三人だという。他に九人の娘がいるとか。見た目どおり男としても精力家らしい。

濤基は疲れたような顔をしていた。それでも気を取り直したのか、机に向かい仕事を始めた。

那俞も少し溜め息をつきたい気分だった。王宮というのはどこも濃い人間関係ばかりが繰り広げられるものだ。

（人の毒気に当てられる）

王宮を出て、木陰で休もうと思ったが、勢いよく扉を叩く音がした。

「どうぞ」

濤基が重い腰を上げ招き入れると、一人の侍女が飛び込んできた。

「そなたは甜湘様付の――」

「大変でございます。姫様の姿が見えません。これを残して」

一枚の紙を差し出す。そこにはこう書かれていた。

『胤は自分で決める。探してくる。それでよかろう』

第三章　三人目の男

一

なんという解放感だろうか。

甜湘《てんしょう》は空を見上げ、大いに満足して微笑《ほほえ》む。しばらく王宮に戻る気はなかった。

手持ちの中から庶民風の着物を着てきたつもりだが、それでもまだ足りないようで甜湘はすぐに着物を売って街に馴染《なじ》むものに買い替えた。

街に出たことは何度かあるが、必ずお付きの者で周りを固められてしまう。あれではまったく楽しめないし、視察にもならない。

十八にしてやっと一人で街を歩けるのだ。胤《たね》探しという大義名分もある。文句など言わせるものか。

十歳の頃、一度城を抜け出したことがあったが、まもなく捕まってしまった。今度は気をつけなければならない。

最初の家出は父親に会うためだった。王都北部の僧院にいるということは調べがついていた。そこに行けば会えると思った。

一目でも——それほど父に焦がれていた。だが、父はいなかった。とっくに死んでいた。せめて墓にと思ったが、すぐさま迎えが来て連れ戻されたものだ。

父が死んだことを教えてくれなかった母を責めた。だが、母にとっても父の死は辛いことだったようだ。

『胤は父ではございませぬぞ。姫様の父は天。ゆめゆめ忘れませぬように』

摂政の彭仁旺《ほうじんおう》は小馬鹿《こばか》にしたようにこう言ったものだ。

今でもあの悔しさは忘れられない。

(だが、私はもう子供ではない)

街を闊歩《かっぽ》し、多くを学ぶのだ。

市場は熱気が溢《あふ》れていた。金の入った巾着袋《きんちゃくぶくろ》は盗《と》られないよう懐にしまってある。懐剣も忍ばせていた。犯罪に巻き込まれれば、したり顔の摂政に何を言われることか。そこだけは気をつけなければならない。

(このことで摂政に責められる濤基《とうき》は少し気の毒ではあるが……まあいい)

ここで民の声を聞いて、美味《おい》しいものを食べて、片手間に胤を見繕う。身寄りがなくて、自分の身は自分で守れる男がいい。濤基が選ぶ胤は基本的に育ちの良い青年だ。性格は良いが、運命を受け入れすぎる。それではきっとまた死なせてしまう。

一時期はなにもかも嫌になったが、厄介ごとを昭香《しょうこう》に押しつけるわけにはいかない。甜湘にも名跡姫《みょうせきひめ》としての矜恃《きょうじ》があった。

賑《にぎ》わう市場の中、客と店主のやりとりの声が興味深かった。尻《しり》を触ってきた男の手をねじり上げたりもした。確かに自分は世間知らずだろうが、王宮には王宮の戦いがあったのだ。痴漢ごときに一歩も引くものではない。

「これは美味《うま》いな」

串《くし》に刺さった肉を買ってその場で頬張《ほおば》った。

「蛙《かえる》だよ。大丈夫かい、お嬢さん」

「ほう。蛙か。鶏肉《とりにく》のようだ」

甜湘は大いに気に入った。食べながら歩く。行儀が悪いことをするのはこんなにも楽しいものなのか。

市場から離れ、今度は人の少ない小高い丘に登った。

王都を囲む壁が地平線のようだ。向こうにはどんな世界が広がっているのだろうか。いずれ王になろうという者がそんなことも知らないのだ。

「父ちゃん、腹減った」

「我慢してな」

かなり痩《や》せた親子が通り過ぎていく。

思わず手持ちの金を渡してしまいそうになったが、ぐっと押しとどめた。

(施せばきりがない。貧しき者を減らすことが王の務めだ)

でも、そんなことができるのか。それくらいならあの親子だけでも救ったほうがよいのではないか。そんな気持ちも込み上げ、心は千々に乱れた。

結局理性を優先させる。親子を見送り、甜湘は奥歯を嚙《か》んだ。

どうすればいいのか。母だって努力はしてきた。だが、何代も前からこの国は摂政なしでは回らなくなっている。女王が官吏に何かを命じたとしても、摂政閣下を通してくださいと言い返されるのが現実だ。

(父ちゃんか……)

そう呼んでみたかった。もちろん父上でも父様でもなんでもいい。甜湘も父と呼びたかったのだ。だからこそ家出までした。

甜湘にはかすかに父親の記憶があった。妹が生まれたことで父の胤としての期間が延長されたからだ。結局それ以降弟妹はできず、父は甜湘が四歳のとき胤を退いた。

『姫様におかれましてはどうかお健やかに――』

別れの日、父はそう言った。およそ父親が娘に言う言葉ではなかった。

実際、幼い甜湘はその人を父親だと知らなかった。胤は父と名乗ることを許されない。

目を潤ませていた男の顔を忘れることはできない。

何故《なぜ》家族として暮らせなかったのか。あれが父だ。天の代わりなどではない。抱き上げてくれた腕の優しさを思い出すとき、甜湘は今でも泣きたくなる。

だからこそ胤という存在自体が許せなかった。絶対に自分の子には父親を与えたかった。縁あって心を通わせた者を死なせるような女王が民を守るなどおこがましい。

今はまだその力がないが、もう絶対に胤を死なせない。そして胤とは呼ばせない。

日が暮れてきた。

どこかに宿をとらなければならない。そう思って宿が並ぶ界隈《かいわい》まで来たが、まずいことに兵が数人いた。

「歳の頃十八くらいの娘が、一人で泊まりに来なかったか」

そう尋ねる声が聞こえ、甜湘は慌てて身を隠した。

やはり家出王女の捜索隊が組織されている。宿に泊まればすぐに見つかるだろう。

(となると野宿か。どこですればいいのだろう)

夏とはいえ、夜は冷える。こんなことなら寝具もかついでくればよかった。まだまだ自分は見通しが甘い。

甜湘はその界隈から離れ、小路《こうじ》に入って考え込んだ。

いっそ家を買ってしまおうか。小さくてもいい。でも家っていくらするのだろうか。想像もつかなかった。なにより小娘に売ってくれるのか。

悩んでいるうちに、すっかり暗くなってしまった。

「よう、姉ちゃんいくらだい？」

突然、大柄な男に話しかけられた。いくら、とはなんのことであろうか。立っているだけで何も売っていない。

「私は泊まるところがなくて困っているだけだ」

男の顔がぱっと輝いたように見えた。

「そうかそうか。なら俺が宿代も払ってやるよ。さあ、行こうぜ」

男に背中を押された。

宿代がないと思われたのだろうか。しかしこれは好都合だ。二人で入れば、おそらく兵の捜索には引っかからない。彼らは歳《とし》の頃十八くらいの、一人で泊まろうとしている女を捜しているのだから。

「うむ。では一緒に宿に入ってくれ」

親切な者がいて助かった。これで今夜の寝床を確保できた。

「よしっ。決まったな、支払いはあとだぞ」

なんだろう、支払いとは。宿代が後払いという意味だろうか。

よくわからないまま、甜湘は男と一緒に宿に入っていった。

二

飛牙《ひが》は寝台に横になった。

秀成《しゅうせい》と話したあと他にも訊《き》いて回ったが、めぼしいことは何もわからなかった。もう一度秀成と話して、他に翼仙《よくせん》に関する知識のある者はいないか訊いてみようと思った。

それでも駄目なら早々に次の土地に行くだけだ。駕《が》か越《えつ》になるが、入国が難しく、得体の知れない駕はあとにして、一旦《いったん》徐《じょ》に戻ってから越に向かうのがいいだろう。

天下《てんげ》四国《しこく》の中心には、央湖《おうこ》と呼ばれる巨大な湖がある。そのため燕《えん》と越、徐と駕は国境を接していない。この湖は魚もいない、真っ暗な穴のようだった。冥府《めいふ》の入り口と思われていて、実際舟を出しても戻ってくることはない。入るのは死にたい者だけだ。

昔、庚《こう》軍に追われ逃げ回っていたときに見たことがあった。陽光すらも吸い込んでしまうのか、光沢のない黒い湖は静かに死に誘ってきた。もっとも寿白《じゅはく》が死にたかったからそう見えたのかもしれない。

正直なところ、もうあれは見たくない。

「あいつ来ないな」

那兪《なゆ》が戻ってこない。見た目はともかく実際は生まれてから何千年かたっているようなので、心配することもないだろう。

王宮見物は蝶々《ちょうちょう》の特権だ。

女王陛下がどんなに神女で美人でも、あの中では殺伐とした駆け引きが繰り広げられている。それだけは自信を持って言えた。それが王宮というもの。

宿の三階には二部屋しかなく、静かなものだった。少し早いが眠ろうかと思ったとき、隣室から女の悲鳴が聞こえてきた。

「なんだ？」

夫婦喧嘩《げんか》か、街娼《がいしょう》を買った男が無茶なことを要求しているのか。関わる必要はないと思ったが、騒ぎは大きくなるばかりだった。壁に何かがぶつかるような音がして、とても寝られたものではない。

「仕方ねえ……」

安眠のためにも仲裁に入るか、と飛牙は寝台から体を起こした。

「おーい、うるせえぞ。寝られねえだろうが」

まずは戸を叩《たた》きながら文句を言った。だが、反応はない。相変わらず走り回る音や男の怒鳴り声が聞こえるばかりだった。

安宿には内鍵《うちかぎ》などない。戸を引くと簡単に開いた。中では嫌がる娘を追いかける男の姿があった。相当な抵抗があったらしく、中の物が散乱していた。ひっくり返ったら危ないことになる行灯《あんどん》を、まず遠くに置く。

「おっさん、とにかくやめろ」

飛牙は急いで男を羽交い締めにした。

「俺は金で買ったんだ。なのにこの女、急に騒ぎ出してよ。ふざけるなよっ」

「私は宿で寝たかっただけだ。金で床を共にするなどと言ってはおらぬ」

娘が乱れた髪で言い返す。怯《おび》えながらも気丈な顔をしていた。どうやら意思の疎通がとれていなかったらしい。

「今夜は諦《あきら》めろ。な」

納得のいかない様子の男に語りかける。肩を叩き、さらに耳元でこうも呟《つぶや》いておいた。

「あの世間知らずっぷりだ。ありゃあたぶんいいとこの娘だぞ。揉《も》めたら面倒なことになるのはあんたのほうだ」

興奮より不安が勝ったらしく、男の怒りがすっと消えた。

「わかった……宿代だけ返せ」

「ほら、これでいいだろ」

飛牙が代わりに渡しておいた。

男がすごすごと去っていくのを見送り、飛牙はひっくり返った卓を元に戻した。散らかった物を拾い上げていく。

「助かった……いろいろすまぬ」

やっと落ち着いたか、娘が弾む息で礼を言った。

「夜の街で立っていたら、いくらって訊かれたんだろ」

「そうだ」

「あんたは体を売っている女だと思われたんだ」

娘はぶんぶんと首を振った。

「そんなことは一言も言ってない」

「言わなくてもそういうものなんだよ。世の中ってのは」

髪飾りを拾い、娘に渡してやった。

「そういうものなのか」

髪飾りを受け取り、娘は寝台にしゃがみ込んだ。

「……怖かった」

娘は赤くなった目を掌《てのひら》でこすった。

「街で兵が若い女を捜していたようだったな。あんたなんだろ」

図星だったらしく、娘は答えなかった。

「家出するなら、もう少し気をつけな」

「帰れとは言わぬのか」

「それはあんたの勝手だ」

家出にもそれなりの理由があるだろう。十年逃げ回った元王様としては、つくづく思う。

「……眠い」

娘はこてんと横になった。枕《まくら》に顔を埋《うず》める。

「おい、気をつけろって言ったばかりだぞ」

まだ男が部屋にいるというのに、警戒心が足りない。いい人だと思われたのかもしれないが、この世に都合のいい善人などそうそういない。

「しょうがねえな」

緊張の糸が切れたかのように、もう眠っていた。相当疲れていたのだろう。寝具をかけてやった。

「俺も疲れたわ」

実際、長旅をして今日王都に入ったばかりなのだ。部屋に戻って寝ようと思ったとき、わずかに開いていた窓から蝶が入ってきた。

——そなたという奴《やつ》は。

寝ている娘を見て、心底呆《あき》れたというように蝶が溜《た》め息《いき》を漏らした。

「よう、帰ってきたか。っていきなり誤解すんなよ」

——かなり若い女に見えるが、男を買うものなのか。どういう国だ。

蝶が世の乱れを嘆いた。

「いや、だから違うって。俺もこの子も買っても買われてもいねえ。男娼《だんしょう》はしてないって言ったろ。俺の部屋は隣だ。もう寝るわ」

行灯の火を消し、出ていく。

——昔はあんなに素晴らしい王太子だったのに。少しは真面目に生きられぬものか。

頭の上に留まった蝶がまだなにやらくどくどと人の道を説いていたが、相手にする元気もなかった。

朝になるとすっかり疲れもとれていた。

蝶ではなく、銀髪の少年が部屋にいた。眠ろうと思えば眠れるらしいが、天令《てんれい》は眠らないのが基本だ。おそらく起きていたのだろう。

「起きたか」

「おまえも寝りゃいいのに」

体を起こし、乱れた髪を掻《か》き上《あ》げた。

「その必要はない」

「夜、何してるんだよ」

「瞑想《めいそう》していたり、飛んでいたり、そなたの寝顔を見ながら説教をしたり――」

「それやめろっ」

たまに寝覚めが悪いのはそのせいか。

「それより黒翼仙《こくよくせん》を救う方法は見つかったのか?」

「駄目だ。地仙《ちせん》だったという男の話を聞いたが、黒い翼を背負ったときから毒が回っているようなもので、天にしか救えないってさ。だけど天は黒翼仙になった奴にはこれっぽっちも関心がないから許されることはないんだと」

「ほう。その者、よく知っているな。おそらくそのとおりだ」

飛牙は唇を尖《とが》らせた。

「なんだよ、そりゃ。そんなこと言わなかったじゃねえか」

「私の知っていることがすべてではないからな。それに人が生きるには希望も必要だろう」

　こういうことを言うと銀色の髪の子供が年相応にも見えてくる。

「ってことは、あいつの知っていることがすべてではない、ということでもあるな」

「まだ探すのか」

「当たり前だ。次は越に行くぞ」

　裏雲《りうん》にあとどのくらいの時間が残っているのか、はっきりしたことは知らないが、おそらく長くはないはずだ。悠長なことはしていられない。

「おまえのほうはどうだった？　王宮見物してきたんだろ」

「いろいろだが、そなたがここをすぐに出るつもりなら話す必要もなかろう。私はもう一度見て回る」

　那兪は少し窓を開けた。

「今度はどこだ？」

「摂政のことを調べたい」

　いつか天に戻れる日が来たら人の世のことは土産話《みやげ》にはなるだろう。

　秀成の話によれば、天令が天に戻れなかったら大変なことになるようだが、那兪は堕《お》ちたばかりだ。まだ差し迫った危険はないだろう。飛牙としては、まずは裏雲のほうを先に考えたかった。

「私がいないからといって、また女で失敗することのないように」

那俞はかすかに光を帯びると蝶に変わっていた。窓からすっと飛び去っていく。

「またってな、一度だけだろうが」

少なくとも那俞が知っているのは、間男で処刑されかけた一度だけだ。しょっちゅう女で失敗しているかのようなことを言われるのは不本意というもの。これでも女の扱いには自信がある。たまにはその自信が仇《あだ》になることもあるというだけであって。

もう一度だけ秀成と話したかった。それから他に地仙の知り合いがいたら紹介してもらうつもりだった。地仙の多くは白翼仙《はくよくせん》になりたかった者だ。知識はあるだろう。できれば堕ちた天令のこともっと知りたい。

「いるか」

部屋の外から女の声がした。ゆうべの娘だ。髪をきちんと結っていて、明るいところで見るとかなり綺麗《きれい》な顔立ちをしているのがわかる。

「どうした」

戸を開けてやると、娘はつかつかと入ってきた。

「礼を言いに」

「もういい」

「宿代を立て替えてもらったのも返していなかった」

「ああ、そうだな。じゃあ貰《もら》っておくか」

手を差し出すと、娘は金を一枚置いた。

「このくらいでいいのか」

やはり世間知らずっぷりが半端ない。

「……多すぎる。半銀一枚だ」

貰っても罰《ばち》は当たらないかもしれないが、小娘を騙《だま》すのは気が引ける。金を返した。

「銀か。ちょっと待て、あるはずだ」

娘は重そうな巾着袋の中を確かめる。改めて飛牙に銀を一枚渡した。

「まだ多いぞ。半銀はないのか」

「ない。昨日助けてもらった謝礼ということにしてくれ」

「なら貰っておくか」

「しかし、その方《ほう》は正直者だな」

「こう見えて育ちがいいからな」

軽く冗談めかして言ったが、娘は大いに本気にしたようだった。

「見えないが、そうなのか。それなら頼みたいことがある」

「一緒に駆け落ちはしねえぞ」

お嬢様が首を振った。やはり冗談を言葉のとおりに受け止めているようだ。

「そんな予定はない。いずれ私は家に戻らねばならぬ。だが、その前に世の中のことを知りたいのだ。宿代の相場もわからない。昨日は蛙の串焼きに銀一枚払った」

それで宿代が金一枚くらいかと思ったわけか。

「そりゃまんまとやられたな」

「うむ。だからこそ、もっと世間を知りたい。その方、街を案内してくれぬか」

「俺も昨日この街に来たばかりだぞ」

「旅人なのか。どこから来た？」

「徐だよ」

「よその国から来たのか。徐か、あの徐か」

娘は興奮していた。

「どんな徐だよ」

「聞いておるぞ。最近、庚から国を取り戻した徐であろう」

「ああ、そうだ」

「なんでも追われていた王太子が戻ってきて獅子《しし》奮迅の活躍をしたとか。まさに王にふさわしい。救国の英雄ではないか。さぞや清廉で雄々しく、賢く――」

「いや、それほどでも」

　さすがにこそばゆい。燕の王都に来るまでも寿白の評判は何度も聞いた。なにやら噂《うわさ》と想像だけですごい人物像が出来上がっていた。

「私の憧《あこが》れだ。そうありたいものだ」

　少し申し訳なくなってきた。

「とにかく、礼はする。一緒に街を歩いていろいろ教えてくれ。私は学ばねばならぬ」

　お嬢様に関わっている場合ではないのだが、真摯《しんし》な目で見つめられると弱い。

「今日だけなら」

　また那兪にこっぴどく叱《しか》られそうだ。

「感謝する。私は甜湘と申す」

「俺は飛牙だ。じゃあ行くか」

　うむ、と甜湘は大きく肯《うなず》いた。

　お嬢様としては言葉遣いがいささか男っぽいが、女王の国なのだからこんなものかもしれないと納得して宿を出た。

　外はもう夏の日差しが降り注いでいた。

三

王宮の中は昨日より騒然としていた。

それも当然だろう、名跡姫が家出をして一晩経過しているのだから。女王も王族付の官吏たちも頭を抱えているに違いない。

那俞は優雅にひらめきながら彭濤基を探す。王女に関して、あの男は責任者だろう。おそらく今もっとも苦労しているはずだ。

廊下を小走りに行く娘が見えた。王女の昭香だった。

「姫様、お待ちください」

「だって……姉様のせいで濤基が責められているのよ」

この一言だけでも妹の共感は姉にではなく濤基という官吏にあるのがわかる。

「お母様に申し上げなければ」

どうやら女王の下《もと》に向かっているらしい。那俞は急遽《きゆうきよ》昭香のあとを追うことにした。

昭香は奥の一室の前に来ると、ゆっくりと戸を開け中の様子を窺《うかが》った。

「お母様……？」

「控えなさい、今は執務中です」

確かに中には女王と侍女の他に官吏らしき男がいた。

「あ……はい。ごめんなさい」

昭香はその場を離れた。

「財務院の彭有為《うい》殿が新しい税制について陛下にお話しされているのです。午後からならお会いできると思いますよ」

女王の侍女が昭香に事情を話し、またすぐに戻っていく。彭有為というのは濤基の兄だろう。昭香はうつむいて戻っていった。

しょぼくれた小娘は放っておき、那俞はそのまま女王と彭有為を観察することにした。蝶は書棚の上から見下ろす。

「娘が邪魔をしてすみませんね」

「いえ、昭香様も甜湘様が心配でならないのでしょう」

男の声は低く、心の機微がいっさい感じられなかった。高圧的な父とも気弱な弟とも似ていない。

「そのうち帰ってきます」

「信用していらっしゃる」

「あの子は自由がほしいわけではありませんから。それより、ここの税率はどうなります。わかりにくくありませんか」

書面を見て、女王が指摘した。庚王と違い、女王は決して暗君ではないようだ。

「少し細かすぎるかもしれませんが、より公正を期しますとこのようになります。米の収穫高はその年によって差が大きいものですから。こちらはここ五年の尹《いん》州の作付けですが、このとおり倍の開きがあります」

「なるほど、他の州はどうですか」

「用意しています。お待ちください」

有為は包みの中を探った。

非常に実務的なやりとりが続き退屈になったが、那兪は最後まで眺めていた。結局女王は納得し、快く署名した。

「これで少しでも民が楽になればいいのですが」

女王はほうと息を吐いた。

「そう願いたいものです」

「何《か》州での一揆《いっき》は治まったのですよね」

「まだ気を緩めることはできませんが、徐が再興したことがいい影響をもたらしたのかもしれません。天が築き、長く続いた国の重みというものが民に伝わったのです。庚王はずいぶんと悪政を為《な》したようですから」

新王朝がとって代わったところでうまくいく保証はない。内乱で多くの血を流したうえに今まで以上に苦しい生活になればたまったものではない。徐で起きた王朝交代劇は周辺国の民にまで自重の気持ちをもたらしていた。

　天が定めた王朝は変えてはならないのだと。

「私の国は庚を笑えるのでしょうか。他人事《ひとごと》には思えません」

「陛下の憂慮を心に留めておきます。それではこれにて失礼いたします」

　彭有為は立ち上がった。今日の目的は彭一族。那俞はそちらについていくことにした。

　有為が王宮の回廊を歩いていると、向こうから濤基がやってきた。兄に会うつもりで来たのだろう、小走りになった。

「兄上がいらしていると聞きまして、ご挨拶《あいさつ》に」

「かまわんでいい。甜湘殿下のことで大変なのだろう」

「はい。八方手をつくし捜しておりますが、未《いま》だ」

「元気な姫だな」

「他人事のようにおっしゃる」

　濤基は眉《まゆ》を八の字にさせた。

「自分で自分の胤を見つけてくると言ったのだろう。つまり帰ってくるということだ」

「胤は誰でもいいというものではございません。人品や健康状態なども考慮せねばなりません」

「そうして選んでも胤はどうせ殺されるのだ」

「兄上、口にしてはなりません」

弟は慌てて兄を止めた。

「そうだな。公然の秘密だ。建て前として隠し続けなければならない。誰が考えたのか馬鹿な制度だ。女王に夫がいて何が悪いのか」

「ですが、女王は天の娘でなければなりませんから」

「くだらん」

それだけ言うと兄は弟を残し立ち去った。

有為か濤基か、どちらを追うか考えた末、有為にした。蝶の姿であとをつける。牛車にでも乗ってきたのかと思ったが、徒歩だったたようだ。

街を行く途中、煙管《キセル》を売っていた男に声をかけられたが、有為は売り物を一瞥《いちべつ》すると冷ややかな声でこう言った。

「細工が雑だな。価格も不適正だ」

売り手はなにやら怒鳴っていたが、一切無視して歩を進めた。

その後しばらくは有為を眺めていたが、ただ忙しい官吏の日常があっただけだ。能率的ではあるが、喜怒哀楽がなく面白みのない男だった。まるで天令のようだと思った。

彭仁旺は私邸にいるとの話を聞き、那兪はそちらに向かうことにした。王都の南にある大きな屋敷《やしき》だ。昨日飛び回っているときも目に付いていた。

彭家はまるでもう一つの王宮のようであった。

家族の棟と執務用の棟が回廊で繋《つな》がっている。このあたりの造りも王宮を真似《まね》たものではないかと思えた。新しい分、下手をすればこちらを王宮と間違える者もいるだろう。これは世の中への誇示なのだ。

真の王は誰なのかという――

「やっと戻ったか」

「申し訳ございません。材料を集めるため徐の山中まで行っておりました」

衝立《ついたて》の向こうに男が一人片膝《かたひざ》をついて控えている。

「洪全《こうぜん》を見ただろう。どう思う？」

仁旺は顔を両手で覆った。

「思わしくありませんな」

長男の容態を訊かれ、即答した。

「毒ではないのか」

「もし毒であるなら私の知らないものもある、ということになりますとだけお答えしましょう」

その返答に驚き、那侖は男の顔がよく見える場所に移った。痩せ形で、刃物のような目をしていた。

(毒の専門家か?)

そんな人物を仁旺は雇っているということになる。

「漸戯《ざんぎ》が知らないなら毒ではないのかもしれんな。最近は毒味役もつけている。医者も原因がわからぬという」

仁旺は顔を上げた。

「呪術《じゅじゅつ》という可能性はどうだ」

「私にはわかりかねます。毒は確固たる現実の産物で、確実に死体を作ります。が、呪術とはもっと曖昧《あいまい》なもの。蠱毒《こどく》などは製法がいかがわしいというだけで結局は毒です。そこらへんが混同されていて困るのですが」

一緒にされたくないという強い意思が感じられた。

「つまり呪術ではないと申すか」

「私は現実的な男です。呪術のようなはっきりしないものには興味がありません。翼仙ほどにもなれば呪術も確かなものになるでしょうが、所詮《しょせん》はまじない。素人が人を呪《のろ》うだけのものなど、本来術と呼ぶにも値しません」

毒は学術として確立した分野だ。薬を突き詰めれば毒にも通じる。この男も気持ちとしては学者なのだろう。

「暗魅遣《あんみ》いということは？」

「暗魅を使役できるとしたら、これもやはりよほどの地仙か、黒翼仙くらいでしょう。しかも暗魅というか、人花《じんか》は非常に気まぐれで、相手に魅力を感じなければ決して命令など聞きません」

裏雲とその僕《しもべ》たる暗魅を思い出し、納得した。あの猫と蛇の人花たちは好きで裏雲とともにいたのだ。

「黒翼仙か。それはまたお伽噺《とぎばなし》だな」

「そういうことです」

漸戯は薄く笑った。

「我らが恨みを買ってのことなのか、それとも本当に病なのか。それすらわからんから打つ手がない」

暑苦しい顔に苦渋の色が滲《にじ》む。

「恨みの種を蒔《ま》き続けてきたのは他ならぬ旦那《だんな》様です」

「黙れ。この国を動かしているのは私だ。女王も私が喰《く》わせてやっているのだ」

こういうことを平然と口にまで出すというのは、すでに簒奪《さんだつ》だろう。

「さようで。何州《か》の一揆の首謀者も首尾よく〈病死〉したようですな」

「そうだ。反乱は終息したようだな」

那兪は眉根を寄せた。内乱の芽が出てくると、首謀者は不自然な死を遂げると聞いていたが、やはり彭仁旺が裏で手を回していたということだ。

あくまで病死。でなければ天罰。庚王のように自らの力を誇示するための無節操な処刑より遥《はる》かに利口なやり口だった。

この漸戯と呼ばれた男は、暗殺のための毒薬作りを一手に引き受けていたということになるのだろうか。

その彭仁旺が長男が毒殺されかかっていると疑っているのだから、皮肉なものだ。因果応報は天が地上に与えた不文律なのだろう。

「民は逆らう、女王や王女まで逆らう。まったく身の程知らずが。近頃は頭の痛いことばかりだ」

仁旺はこめかみを指で押さえた。

「洪全が死ねば軍に対する影響力を失う。しかもあれは跡取りだ」

「まだお二人、ご子息がいらっしゃる」

「有為は何を考えているかわからん。濤基に至っては人が好《よ》すぎて話にもならん。娘は九人もいるというのに」

親として、我が子を案じるという気持ちはあまりないらしい。まるで手持ちの駒のように話す。

「失礼させていただきます。珍しい毒草を見つけましたゆえ」

主人のぼやきに漸戯は飽きてしまったようだった。

「頭の中は毒ばかりか。貴様は鬼そのものだな」

「いえ、旦那様には及びません」

漸戯にしてみれば、ただ事実を返したに過ぎなかったようだ。

四

「橋の普請《ふしん》の日銭がこれだけ？」

甜湘は目を丸くした。

一日食料品の物価を調べてきたのだ。この額ではとうてい家族を養えない。子供が痩せこけるわけだ。

「仕事があるだけいいほうかもしれないな」

「そうなのか」

飛牙に言われ、甜湘は考え込んだ。

「地方から流入してくるから給金が下がる。結局王都の者も流れてきた者も共倒れというわけだ」

「それはいかん。なにより農民が田畑を捨てれば食料がなくなる」

「そういう悪循環に陥っているってことだな。これはどこの国も同じだ。徐もそのあたりを立て直しにかかってくれているといいんだが」

飛牙は橋の欄干に背をもたせかけ、腕を組んだ。

「これ以上低くしてはならないという手間賃を決めてしまうのはどうだろう」

「どうなるかはわからないが、検討する価値はあるだろうな。ってあんたがそんなこと気にしてどうする。この国じゃ女は官吏にもなれないんだろ」

甜湘は大いに肯いた。

「そうなのだ。それもなんとかしたい。燕は女王の国だが、他の国より女に対する制約が大きい。なのに、見ろ、橋の普請は重労働なのに女の働き手もいる。それも労働力を安く買い叩《たた》けるからだろう」

ゆゆしき問題だった。実際に街を歩いて話を聞かなければ、何もわからなかったことばかりだ。

「満足に食べられなければ乳も出ない。赤子の死亡率が気になる」

飛牙は呆れたような顔をした。

「変わった女だな。のんきにお嬢様してればいいいんじゃないのか」

「お嬢様ではない。私は――いや、人として気になるのだ」

めったに見られない世の中の暮らしは新鮮である以上に重かった。

「そりゃ苦労するぞ」

飛牙は空へ手を差し伸べた。驚いたことに、その手に小鳥が留まった。

「初めて見る。鳥がすごいのか、そなたがすごいのか」

「鳥がすごいんだよ」

その割には飛牙は驚いた様子もない。

「徐の始祖王は獣使いだったと聞く。徐ではみんながその術を嗜《たしな》むのではないのか」

「んなわけないだろ」

飛牙が吹き出した。

それはそうだ。燕の始祖王灰歌《はいか》は天の声を聞いたというが、王族を含めても今この国にそれができる者はいない。

「じゃな。変な蝶々を見つけても喰わないでやってくれよ」

飛牙がそう言うと、小鳥は飛び立っていった。変な蝶とはなんのことか訊こうと思ったとき、橋の下で小さな悲鳴が聞こえた。

「役立たずが」

「すみません、すみません」

怒鳴られていたのは十かそこいらの少年だった。作業の途中、砂利をひっくり返してしまったらしい。子供を許そうとせず、男は鞭《むち》のようなものを振り上げる。

「やめぬか！」

甜湘は橋の上から叫んだ。その声に驚き、男が顔を上げる。

「なんだ、貴様は」

「子供に手を上げるなと言ったのだ。謝っておるではないか」

言いながら橋の下へと降りていく。仕方なさそうに飛牙もあとに続いた。

「どこの小娘か知らないが――」

「はい、そこまでな」

詰め寄ろうとした男と甜湘の間に飛牙が割って入った。

「こちらはご覧のとおり筋金入りのお嬢様だ。ただいまお忍びで下々の暮らしを視察していらっしゃる。特にこの橋の普請が見たいとおっしゃるのでお連れしたが、はて何故《なにゆえ》お嬢様はこの橋を見たいとおっしゃるのか」

　口上のようにべらべらとまくしたてた。

「まさか……ここの普請と何か関係があるってのか」

「どうかな、かもしれない。で、その子供を殴るべきか殴るべきでないか、あんたが自分で判断すればいい」

　これには男もぐっと堪える。ちっと舌を鳴らし、背を向けると子供と一緒にこぼれた砂利を片付け始めた。

「さ、行くぞ」

　飛牙に背中を押され、橋の上に戻った。

「権力で人を制するのはよくない。そなたゆうべもそれをやってなかったか」

　飛牙に抗議をする。これではまるでお嬢様の我《わ》が儘《まま》だ。

「子供もあんたも怪我《けが》はない」

「それはそうだが」

　何をしてきたのか知らないが、飛牙は要領のいい男だ。適当にずるくて、適当に強い。女には好まれるようで、よく声をかけられる。

「丸め込むのがうまいが、そなたの職業はなんだ？」

「用心棒のようなこともしてた。巧みな話術と行き届いた奉仕で、気持ち良く宝飾品などを買ってもらうこともある」

「ほう商売人か、面白そうだな」

行商で隣国まで来たのだろうか。

「そうだろ。なのにうるさい弟に反対されてさ」

「弟がいるのか。そうか……」

いっそこの男に胤を頼むのはどうだろうかと思っていたが、家族がいるのであればやめておいたほうがいいだろう。

(したたかというか軽いというか、簡単に死にそうにない良い男だったのだが)

それに人に奉仕までしていたというのだから悪い男ではなかろう。少なくともゆうべから世話になっている。

宗右《そうう》と志譲《しじょう》に比べれば、お世辞にも品行方正とは言えないが、そこも含めて胤候補としては申し分なかっただけに残念だ。

「腹減ったな。メシでも喰うか」

「うむ」

空腹を訴えるのははしたないので言わなかったが、甜湘もかなり腹が減っていた。

連れてこられた店はこぢんまりとしていた。古い油の臭いがする。

「あら、今日は可愛《かわい》い人も連れてきたのね」

店の奥から女が出てきて、親しげに飛牙に話しかけた。

「いや、これは仕事さ。お嬢様の警護だ」

「昨日都に入って、もうそんな仕事見つけるなんてすごいじゃない――あ、ゆっくりしていってくださいね」

女はにっこりと甜湘に微笑んだ。その容貌《ようぼう》から察するに、西異境の血が混ざっているのだろう。

飛牙は適当に注文してから、こちらを見た。

「あ、酒呑《の》むか？」

「日も高いのにそのような……いや、呑む」

行儀の悪いことをもっと楽しみたいと考えを翻した。

「じゃあ、お嬢様には果実酒な」

注文を取り終えた女が奥に引っ込むと、さっそく甜湘は嚙みついた。

「お嬢様と言うな。私には名前があるのだ」

「ああ、甜湘だっけ」

「そんなに巷《ちまた》の者たちと違うように見えるのか」

「そりゃまあ、話し方とかな」

甜湘としては普通に話しているつもりだった。

「指に弓だこがあるのが不思議だが」

思わず手を隠した。この男、適当そうに見えて意外によくこちらを観察している。

志譲が死んだあと弓の稽古《けいこ》はしていないが、まだ指には名残《なごり》があるのだ。

「弓は好きだ。思いどおりになる」

風によってはまっすぐ飛ばないが、そこも考慮すればいいだけだ。

「お嬢様もお屋敷の中じゃ思いどおりにならないことばかりか」

「贅沢《ぜいたく》な悩みだと思っておるのだろう」

名跡姫の苦悩など、飢えた子を見たあとでは口にするのも憚《はばか》られる。なんでもズケズケ言うと思われているが、そうでもない。

「思ってねえよ。どんな身分や立場にもやりきれないことはあるからな」

思いがけず理解してもらい、ちょっと胸が熱くなった。

「……うむ」

「まあ、ほら喰え」

ちょうど料理が運ばれてきたところだった。皿にこんもりと盛られた肉からは湯気がたっていた。

「いただく」

箸《はし》で摑《つか》み、口に運んだ。

「うちの料理で口に合うかしらね」

「熱くて美味しい」

見た目だけは綺麗だったが、王宮では食事が出された頃には冷めていることが多かった。厨房《ちゅうぼう》から広い王宮を通り、毒味役も経てくるとどうしてもそうなる。

「あら、ありがとう」

「これは子羊の肉か」

「ううん、大人の羊。香辛料を効かせてるでしょ」

「そうか、羊とは美味しかったのだな」

王宮で食べる羊は冷めたせいで臭みが出て、汁気も失われていたのだろう。そんなことは誰も教えてくれなかった。

「そっちはどうかしら。木の実と鶏肉炒《いた》めたものだけど。あ、うちではパンも売っているの、西異境直伝。どう？」

「食べてみたい」

「でしょう、ちょっと待って」

こんな調子でかなりの量を食べることになった。どれも温かくて美味かった。女は美暁《びぎょう》といい、甜湘より五つ年上だった。客が少なかったので女同士よく話した。飛牙はその様子をちびちびお酒を口に運びながらのんびりと眺めていた。

「え、甜湘って言うの。お姫様と同じ名前ね」

「ん……そうらしい」

決して慌てず平然と受け答えたつもりだ。

「わかった、親御さんがあやかってつけたんでしょ。わりとよくある名前だしね。お姫様かあ、お城の中で何を考えているのかしらね」

「たぶん、いろいろ考えてはいると思う」

「そうなの？　毎日のんびり美味しいもの食べてお祈りしてるのかな、ってくらいしか思い浮かばないけど」

やはりそんな想像しかされない存在なのだ。

「絶対この店の料理のほうが美味い」

つい断言していた。

「ありがと。お嬢様に褒められちゃった。あとで旦那に伝えておくね」

美暁はくったくなく笑う。王宮ではお目にかかれない笑顔だ。こうやって対等に話ができるのも楽しかった。

「そうだ、秀成に泣かれたわ。人に紹介するなって。仕事になるならいいんじゃないかと思ったんだけどなあ。あの人、どうやって生活してるんだろ。家とこの店を往復する以外どこにも行かないのよ」

「俺ももう来ないでくれって言われたよ。たぶん、また行くと思うが」

「よくわかんない人よ。あ、ごめんね、こんな話つまんないよね。ほら、呑んで」

美暁につがれ、甜湘は柑橘類《かんきつるい》の香りのする酒を口に運んだ。おそらくあまり強くない酒なのだろうが、ほとんど呑んだことがなかったこともあり体がほてってきた。

(うっかり口を滑らさないように気をつけなければ)

外が暗くなってくるとそのうち店が混んできた。

「そろそろ出るか」

飛牙に言われて甜湘は肯いた。

美暁も忙しくなって話し相手ができなくなった。なにより頭が揺れている気がする。これが酔うという感覚なのだろう。

「ご馳走《ちそう》さん」

「馳走になった」

とりあえず飛牙が金を払い、美暁に一声かけて店を出た。

東の空から満月が顔を出していた。夜の街は一変して魔窟《まくつ》のようにも見える。灯籠《とうろう》の明かりが揺れて見える。ここは色街なのだという。

「しゅまぬ、あとでまとめて払う」

「いいから、しっかり歩きな。宿は……あそこでいいか」

宿に入り、飛牙が二部屋とると主人はたいそう不思議そうな顔をしていた。

階段から足を踏み外しそうになったが、しっかりと支えてくれる。なんとか二階の部屋につくと甜湘は寝台に体を投げ出した。

「……お姫様と同じ名前なのか？」

まさか疑っているわけではないだろうが、気になるらしい。ここは誤魔化しておく。

「うちの親が真似したのだ」

「そうか。しかし、果実酒でずいぶん酔ったものだな」

「うむ。楽しかった」

なんだか勝手に口元が緩む。けたけた笑い出したい気分だが、はしたないのでそれを我慢した。

「そりゃ良かったな。じゃ、ゆっくり寝ろ。俺は隣の部屋にいるから、朝になったら代金貰ってそれでお別れだ、いいな」

「うむ。世話ににゃった」

飛牙が寝具をかけてくれた。うとうとと眠りにつく。

「よう、帰ってきたか。あ、いや……だからこれは違うんだよ」

酔っているせいだろうか、飛牙が誰かと話しているような声が聞こえてきた。だが、相手の声は聞こえてこない。

「本当に疚《やま》しいことは何もない。お嬢様を案内する仕事をしただけで」

必死に釈明している。

「たまには信じろ」

独り言を言うような男でもないだろうし、これはきっと夢だ。酔うとはこんなに面白いものなのか。

「え、何、兵？」

なにやら飛牙が慌てて聞き返している。

甜湘が眠りに落ちようとしていたとき、凄《すさ》まじい勢いで部屋の戸が破られた。これも夢なのだろうか。兵が雪崩《なだれ》を打って狭い室内に入ってきた。

「おいっ、なんだ」

飛牙の慌てる声がする。

「間違いない、甜湘様だ。お助けしろ」

「狼藉《ろうぜき》者を捕らえろ、抵抗したら殺してもかまわん」

「だから、違うって」

怒号と騒音で眠れそうになかった。ぐらぐらする頭でなんとか体を起こす。

「ご無事でしたか、殿下」

駆け寄ってきた男は彭濤基に見えた。

「濤基か……そならがうるさくて眠れないではないか」

「狼藉者を捕らえましたゆえ、城にお戻りください」

寝ぼけた目をこらせば、飛牙が数人の兵によって床に押さえつけられていた。抵抗はしているが、多勢に無勢。

「何をしてよる。放してやらぬか」

さすがに夢ではないらしい。甜湘はろれつが回らないまま叫ぶ。

「しかし、この者は――」

「怪我をしゃせてはならんぞ。その者は私の胤だ！」

甜湘は思い切り宣言した。飛牙にとっても王女を拐《かどわ》かした嫌疑で捕まるよりはまだましだろう。といっても実際は説明が面倒くさかったのだ。頭はぐるぐる回っているし、もう眠くて眠くてしょうがない。

「殿下、酔っていらっしゃるのですか？」

濤基が狼狽《うろた》えている。

これ以上起きているのは甜湘には無理だった。くたっとそのまま横になり、あとのことは覚えていなかった。

覚えているのは窓から見えた月がとても青かったということと、部屋に綺麗な蝶が舞っていたということくらいか。

第四章　胤《たね》の心得

一

王宮に部屋を与えられたものの、ほぼ監禁である。

こざっぱりとした綺麗《きれい》な個室だし、出された食事は徐《じょ》の牢獄《ろうごく》よりはましなように見える。飛牙《ひが》も諦《あきら》めるしかない。

「……お姫様とはな」

裕福な家の娘らしいとは思っていたが、そこまでは考えていなかった。名前がお姫様と同じという時点で疑うべきだった。酒が入っていなければ、そこに思い至ったのかもしれない。前にも似たことがあったが、今回は何もしていない。捕まらなければならない理由がわからない。

「胤ってなんだよ」

いや、聞いたことはある。これでも〈殿下〉だったのだ。燕《えん》国の女王がどうやって跡継ぎを作るかは興味深い話だった。

建て前はいわゆる処女懐胎に近い。子は天から授かる。ゆえに夫は持たない。胤という天の化身が子をもたらす。そういうことだ。

もちろん、そんなわけはない。胤に選ばれた男とやることをやって子供を作るのだ。天はこれっぽっちも関係ない。綺麗事にもほどがある。

「よう、どうだった？」

窓から舞い込んできた蝶《ちょう》に話しかける。蝶は一瞬弱く光を放つと少年の姿になった。窮屈だったのか、ぐるりと首を回した。

「逃げられそうにない」

「やっぱりそうか」

偵察に出てもらったが、警戒は厳しいらしい。

「太府《たいふ》夫人の次は隣国の名跡姫《みようせきひめ》か。そなたの節操のなさには呆《あき》れ果《は》てる」

「言ってるだろ。何もしてないって」

無実の身《み》の証《あかし》をたてるほど難しいことはこの世にない。天令《てんれい》様すら信じてくれないのだから。

「実際、胤として買われたのだろうが」

「俺は売るって言ってねえ」

交渉が成立していないのだから、この件は無効にしていただきたい。

「断れるのか」

「やってみるさ。聞く耳のある娘だ」

「そなたは仮にも徐王の兄だ。燕の名跡姫との間に子供を作れば、ややこしいことになりかねない」

徐と燕はさほど親しいわけでもないが、国交はある。王族同士で子ができれば、外交上確かに面倒なことになるかもしれない。勝手に子作りしていいわけがない。

「バレないようにはするさ」

「ここの官吏は王女が与太者を拾ってきたと大騒ぎだ。たとえそなたが身分を口に出したとしても誰も信じないだろうが……なんでこうなるのやら。すべてはそなたの不徳の致すところ」

不徳と言われても、別に好きで拾われたわけじゃない。

「おまえ、王女の顔知ってたんだろ、もっと早く教えろよ」

「一昨日《おととい》見たときは顔が隠れていて見えなかったのだ。ゆうべは気付いたときには手遅れだった。人のせいにするでない」

可愛《かわい》い顔をして、那俞《なゆ》はいつも不機嫌だった。

「そなたが女人と関わるとろくなことにならんのだ。少しは自重できないか」

「でも、人間の半分は女だぞ。半分を避けるってのは無理がないか」

「それでも努力しろ」

「わかったわかっ――」

いきなり戸が開いた。瞬時に那斎は蝶に変わった。

「誰としゃべっておるっ」

部屋の前に立つ髭面《ひげづら》の兵が怒鳴り、部屋の中を見回す。しかしここには飛牙しかいない。

「あ……えっと蝶々と話してただけなんだけど」

おつむのてっぺんに留まった蝶を指さした。蝶も一応肯《うなず》いていたが、わからなかっただろう。

「……頭を打ったのか」

「囚《とら》われの身で蝶と慰め合う薄幸の旅人だとでも思ってくれ。それより甜湘《てんしょう》殿下に会いたいんだが」

「吐き気がするとおっしゃってまだお休みになっている。静かにしておれ」

どうやら姫君は二日酔いらしい。

戸が閉められ、飛牙は大人しく寝台に横になった。

──姫に会えるまで待つのか。

蝶に訊《き》かれ肯く。声が漏れないよう寝具を頭からかぶった。

「それしかねえだろ」

──あの姫は胤で苦労している。過去二人胤がいたが、どちらも若くして不審死を遂げているのだ。

「……まじかよ」

凄《すさ》まじく陰謀の臭いがするではないか。

──それで姫はすっかり胤を取りたがらなくなったが、周りにせっつかれて、だったら自分で探してくると書き置きを残して家出したのだ。

那俞は自分が知る限りの事情を話して聞かせた。胤のこと、女王のこと、王女姉妹の関係、彭《ほう》一族のこと。すべてを伝えておいた。

「んー、つまり胤はたぶん早々と死ぬってことだな」

──本来は一年以内に姫を妊娠させられなかった場合と二人続けて男児しか生まれなかった場合、胤の役職を解任される。はっきり言ってしまえば、殺される。

「処刑？」

そんな込み入ったことまでは聞いたことがなかった。

「なにも殺すことはないだろ。恐ろしい国だな」

──裏の事情を知る者を生かしておくわけにはいかないのだろう。しかも跡継ぎもできないのに姫が穢《けが》された事実だけが残る。

「穢すってなんだよ。失礼だろうが」

合意の上のことなのに男をなんだと思っているのか。

──そこでそんな男はいなかったことにして、新たに胤を選ぶ。

「そりゃいくらなんでもあんまりだ」

くらくらしてきた。

──胤になった以上、助かるには早々と跡継ぎの娘を作る以外ない。それでも僧院に生涯軟禁のようだが。

「未来の女王の父親までその扱いなのか」

──王の父として権勢を振るわれては困るのだろう。特に摂政としては。

「いいこと一つもないじゃねえか」

──実家には多額の謝礼が渡されるらしい。貧乏で家柄の良い次男坊以下が選ばれるとか。選ばれた時点で存在はなかったものとされる。

「じゃ、なんで俺なんだよ」

少なくとも甜湘に話したのは〈流れ者〉ということだけだ。

──あの場ではああでも言わないとそなたがどんな目に遭うかわからぬ。酔ってもいたようだから、とっさのことだろう。

なりゆきか。とはいえ、間違っても外交問題に発展させないためにも、頑として断るしかないだろう。しかし、断ったら無事に解放されるのだろうか。今までの胤への仕打ちを考えると、そのへんも怪しい。

——まずは食事でもしていろ。逃げるにしても体力はいる。さっき舐《な》めてみたが、毒は入っておらぬ。

「毒入りかどうかがわかるのか」

——成分までわかる。少し塩分が多いようだな。塩は貴重だというのにもったいない。

「さすが天令様。だったら喰《く》うか」

盛りつけも美しく高級な肉なのだろうが、もう冷めていた。味もよくわからない。

「確かにこれなら美暁《びぎょう》の店のほうが美味《うま》いな」

美味そうに食べていた甜湘の笑顔が思い出された。短い家出だったが、次の女王様は多くのことを目に焼き付けたはずだ。

「よろしいか」

部屋の向こうから声がした。開けてもよいかということらしい。

「勝手に入りな」

食事中なので立ち上がって開けてやる気になれなかった。そもそも好きでこんなところにいるわけではないのだ。

「失礼する」

部屋に入ってきたのはゆうべ王女を連れ戻しにきた男だった。確か、姫に濤基《とうき》と呼ばれていた。彭一族の三男坊だろう。

「その方《ほう》に訊きたいことがある」

「どうぞ。俺もある」

飛牙は食事の皿を脇《わき》に置いて、濤基と向かい合った。

「私は彭濤基と申す。王族付の官吏だ。まず名前と生国《しょうごく》を伺おう」

「飛牙だ。生まれは徐国の泰灌《たいかん》」

嘘《うそ》は極力つかない。そのほうが大事なことが隠せる。

「燕の民ではないのか」

まずそこからして胤にふさわしくないと思ったのだろう。眉間《みけん》に皺《しわ》が寄った。

「姓は？」

「あ……蔡《さい》だったかな。徐では二番目に多い姓だ。徐の王様も同じ」

濤基は紙に「蔡飛牙、徐国泰灌出身」と、流麗な筆遣いで書き込んだ。

「歳《とし》は？」

「今年で二十二になる」

「家族は？」

「両親は死んだ。弟が一人」

「ご両親は何故《なぜ》亡くなられた？」

「内戦で」

「庚との争いに巻き込まれたか。それは気の毒だったな」

あれを巻き込まれたというのかはわからないが、否定はしないでおく。

「弟さんは何をしておられる？」

「地元で家業を継いでるよ」

「何故そなたが継がなかった？」

「弟のほうが向いていたから」

ずいぶんと細かいことまで訊くものだ。胤の面接とはこういうものなのだろうか。

「ではそなたの仕事は？」

「今は無職かな。旅してる」

「なんのために旅をしている？」

矢継ぎ早に質問され、辟易《へきえき》してきた。

「道楽」

濤基の表情がますます曇った。間違いなく、こんな男は胤にできないと姫に言ってくれるだろう。

「どうやって殿下と知り合った？」

「街の案内をしてくれと雇われただけだ。まだ代金貰《もら》ってないんだが」

「他国の者にそんなことを頼むか」

「何がどこにあるかは知らなくとも、世の中のことはわかる。姫さんはそっちのほうが知りたかったんじゃないか」

その点は納得できたのか、濤基は押し黙った。

「なあ、俺は急いでるし、胤になりたいわけじゃない。姫さんも俺が押さえつけられたのを見てとりあえずそう言ったんだと思う。ここは一つお互いなかったことにしようや。今のうちにこっそり逃がしてくれないか」

「出自の怪しい男など私もどうかと思う。だが、また勝手に家出されても困るのだ。甜湘殿下は素晴らしい女王になられるお方、できれば手早く姫を生み終え、始祖王のごとく覇道に邁進していただきたい」

それだけ言うと濤基は立ち上がった。

「逃げ出せば、侵入者とみなし番兵が殺すかもしれない。もうしばらく大人しくしていてくれ」

さりげなく脅迫してくる。

「おい、俺も訊きたいことがあるんだが」

「受け付けない」

濤基が出ていくと、飛牙は寝台にひっくり返った。

これだから宮仕えは信用できない。

――そなたはここにいるしかなかろう。私はもう一度様子を見てくる。

蝶が鼻の頭に留まった。

「俺も蝶々になりてえよ」

――たわけっ、天令万華《てんれいばんか》だと言っておろうが。

たぶん、蝶々の足で鼻を蹴《け》られたと思う。那兪は軽やかに羽ばたくと窓の外へと出ていった。

二

とりあえず、甜湘の部屋へと向かった。この日は小雨《こさめ》が降っていて、外の飛行には適していない。

目立たないように回廊を行き、王族の棟へ向かう。甜湘の部屋は残念なことに窓も閉まっていて、入り込む隙間《すきま》がなかった。

一旦《いったん》人の形になり、少しだけ扉を開けて入り込もうかと考えたが、見つかれば騒ぎになる。どうしたものか思案していると、向こうから昭香《しょうこう》がやってきた。水差しを手に持っている。二日酔いの姉のために水を運んできたらしい。

「姉様、入ります」

昭香が扉を開けてくれたおかげで中に入ることができた。那兪は天蓋《てんがい》の上にちょこんと留まる。まるで飾りのように収まった。

「お水、飲まれますか」

「すまぬ。英寧《えいねい》じゃなくて昭香が持ってきてくれるとは思わなかった」

甜湘は頭を押さえながら上体を起こした。

「私が代わると言ったのです。姉様と話したかったものですから」

「説教か？」

「はい。言わせていただきます」

昭香は寝台の横の椅子《いす》に腰をかけた。

「心配をかけたな」

「こんなことで兵を動かしたのではお母様の面目を潰《つぶ》します」

「そうだな……うむ」

甜湘もその点は反省しているように見えた。

「それに濤基がどれほど責められたかわかりますか」

「胤胤うるさかったのは濤基だぞ」

「濤基だって仕事なのだから仕方ないではありませんか」

「私だって一生の問題だ」

そこは甜湘も言い返す。

「濤基が可哀想《かわいそう》だと思わないのですか」

「昭香は私が可哀想だと思わないのか」

険しい目でじっと見つめ合う。姉妹の丁々発止はなかなか見応えがあった。

「姉様はいつだって言いたい放題です」

「自分の考えを言ってはいけないのか」

「でも濤基が困ってるんです」

「この仕事が嫌なら濤基は別の部署に移してもらえばいい。仮にも摂政の息子だ、そのくらいの融通はきくだろう。だが、私は王女を辞められない。これからもはっきり言う」

「姉様はずるいわ。なんで姉様なんかを」

昭香は目を潤ませていた。

「意味がわからん。昭香は胤がほしいか？」

「……え？」

「私だけではない。王の娘はすべて胤との間に子を作る。昭香は次女だから急《せ》かされることはないが、いずれ胤を持つことになる。それでよいのか」

女王に子ができなければ、姉妹や従姉妹《いとこ》の娘が跡を継ぐことになる。つまり王族の女たちは夫が持てないということだ。王の父親を作らないために。

昭香はうつむいた。

「嫌なのだろう。だったら少しは理解してくれてもよかろう」

「定めならば……仕方ありません」

「誰が決めた定めだ？」

昭香ははっとしたように顔を上げた。

「え？」

「私は灰歌《はいか》様の書き残した書物をすべて読んだ。決して夫を持つことを禁じてはおらぬ。灰歌様がたまたま未婚で子を産んだために、それを神聖視しようと後付けでこのような制度が固まっただけだと思っている」

「まさかそのような」

昭香は半信半疑だった。控え目で幼さの残る顔立ちだが、根は意外に強情なようだ。

「灰歌様は、男たちに交じって戦乱の世をまとめ上げた女傑の中の女傑だ。そんな細かい規律など残すような方だったとは思えない。女王制になったのも、生まれたのがたまたま娘だったからだ。私は胤の制度を叩《たた》き壊《こわ》すつもりだ。自分の娘を守る。昭香も守りたい」

甜湘はこれ以上ないほどきっぱりと言い切った。それから水を飲んで息を吐いた。

「……もしそうなれば、私も人並みに結婚して家庭が持てるのでしょうか」

定めと諦めていても、この妹にもその希望はあったようだ。

「だからそうなるようにしたいのだ。ん、もしかして惚《ほ》れた男でもいるのか」

「おりませんっ」

昭香は急いで否定した。

「姉様こそ街で拾った男を胤とするのですか。まさか気に入ったのですか」

「あれは行きがかり上だったが、飛牙に胤になってもらおうと思う。生き残る力のある男がほしい。もう見送りたくはない」

これは飛牙も覚悟を決めなければならないようだ。那兪は嘆息する。

「でも、小汚くて粗野で、どこの馬の骨やらわからぬというではありませんか」

「そうかな。あの男の言うことには教養を感じるときがあるぞ。ふと真顔になったときの横顔にはどこか品がある。まあ、なんでもいい。とにかく死なない、これが一番だ」

この反骨の酔っ払い王女は、見るところは見ていたらしい。

「ではその男が胤でよろしいのですね。でしたらもう家出はなさらないでください」

昭香は立ち上がり部屋から出ていこうとする。閉じ込められると面倒なので、那兪はあとに続くことにした。

「もうしない。たぶん」

適当に答えて、甜湘はぐったりと横になった。まだ二日酔いは治っていないらしい。

昭香は部屋を出ると、立ち止まって物思いに耽《ふけ》っていた。

「私だって選べるものなら……」

姫とはいえ、乙女の悩みは尽きぬものらしい。

那兪は濤基の執務室へ向かった。

姫を戻したことで安堵《あんど》しているだろうが、得体のしれない〈胤〉のことで新たに頭を抱えているであろう男だ。

（あれは……）

回廊を二人の男が並んで歩いていた。摂政の彭仁旺《じんおう》とその息子彭有為《うい》だった。どうやら濤基の部屋に向かっているようだ。おそらく亂のことで話し合うのだろう。すべての決定権は彭一族にあるということだ。

彭親子と一緒に濤基の部屋に入った。羽を休める蝶のように書棚の上に陣取る。

「で、殿下が捕まえた亂とはどのような男だ？」

挨拶《あいさつ》もせず、仁旺は椅子に腰をおろした。

「徐国の者です。徐の王政府から発行された手形は一級の確かなもので、少なくとも出自は悪くないのではないかと思われます」

濤基は答えた。

「庚ではなく徐なのであろうな。庚の残党も流れて来ているという。その連中を入れてはならんぞ」

「徐国復興直後に発行された手形です。亘覧王《こうけん》の印もある確かなもの」

手形には一級と二級、それに難民用の臨時発行のものがある。一級は徐の王政府が身元を保証した者にのみ与えられる。二級は主に商用だ。

「しかし……他国人か」

仁旺は渋面を作った。

「同じ天下四国《てんげしこく》の者。かまわないのではありませんか」

有為がさほど興味もなさそうに意見する。

天下四国は言語も文字も同一で、元号も〈天下《てんげ》〉で統一されている。ゆえに天下四国と呼ばれているのだ。元は一つであった。他国ではあっても異国ではない。それが共通の認識である。なにより天の傘下にある同胞なのだ。

「身元は？」

「本人が言うには、戦乱で両親が亡くなり、弟が一人王都で家業を営んでいるとか」

「胤に関することが他国に知られるのはよくない。礼金などいらぬ。弟とやらに知らせる必要はないぞ。旅の途中で行方がわからなくなるのはよくあることだ」

仁旺は渋面のまま髭をいじる。仕方がないというところだろう。

「では、あの者を胤ということでお認めになるのですね」

「殿下が気に入っているのだろう。それならば子も産んでくれるだろうよ。病気など持っていないことだけは確認するよう。胤の教育もしっかりとな」

「誰が相手でも姫が胤と割り切ってくださるなら私もかまいません」

「頼むぞ」

摂政は立ち上がり、腰を叩いた。

「歳だな、近頃は疲れていかん。私はこのまま屋敷《やしき》に戻って休む。有為は陛下を頼む。おまえの言うことには耳を貸すようだ」

それはそうだろう。彭仁旺は自分が女王より上だと思って接している。あれでは女王も話すだけで憂鬱《ゆううつ》になるというものだ。

父親を見送ると、有為は那兪のいる書棚を振り返った。気付かれたのかと不安を覚えたが、有為は書棚に飾られた花が気になったようだ。

「これは呪詛《じゅそ》にも使われる花だな」

蘭《らん》の一種だが、深い紫色をしている。

「そうなのですか。初めて聞きました。お詳しい」

「彭一族は、恨みを買っている。我らは呪《のろ》われやすいということだ。それくらいは覚えておけ」

「そのような……」

「去年は父の正夫人が急死している。今年は兄上があのとおりだ。さすがの摂政殿も気にしておろうよ。呪術除《じゅじゅつよ》けのためについに術師も呼んだらしい。毒には気をつかっていたが、呪術などまやかしだといっさい信じていなかったというのにな。陛下に対してまで苛立《いらだ》ちを隠そうとしないのもそういったことのせいだろう」

母と言わなかったところをみると、次男の有為も庶子らしい。

「かつて胤の死が続くことが不審だと申しましたら、人は誰でも死ぬと取り合ってもらえませんでした。気になどしているでしょうか」

「身内は違うだろうよ」

「……身内」

顔を曇らせた弟に有為は一つ溜《た》め息《いき》を漏らした。

「割り切れないのは姫よりおまえのほうだな」

有為は去っていったが、那兪は部屋に残った。ここは窓が少し開いているので閉じ込められる心配はない。

濤基は飾られた紫の花に触れると小さく吐息を漏らした。それから気を取り直したように顔を引き締めると、隣室の若い部下に指示を出した。

「王宮医に新しい胤を診断させてくれ。それから胤を湯浴《ゆあ》みさせ、まともな着物と履物もあつらえて、少しでもましにしておくように」

これは見物だ。那兪は思わず笑っていた。

三

西異境風の大理石の風呂《ふろ》に連れてこられ、これでもかと体を洗われた。

「一人で洗えるぞ」

「はい、ですがこれが私の仕事ですので」

こちらへと案内する。彭濤基の部下で見習い官吏の姜栄関《きょうえいかん》と名乗った。

飛牙としては人並みに身綺麗にしていたつもりだし、少々納得がいかない。今夜いきなり床を共にするというわけでもなさそうだが、少しばかり緊張してきた。

(断ったら殺されそうだしな)

官吏の説明を聞く限り、そういうことになりそうだった。他国の者だけに尚更《なおさら》野に放つわけにはいかないらしい。

となれば、いずれ隙をみて逃げるしかない。

(生け贄《にえ》として捧《ささ》げられる生娘《きむすめ》の気分になってきた)

海千山千の元王様だが、この状況はさすがに経験がない。

「えっと、手拭《てぬぐ》い……わあ」

立ち上がった栄関が濡《ぬ》れた床に足をとられ転んだ。痛そうに腰をさする。

「申し訳ありません。今すぐ――」

「大丈夫か。ああ、いいって。おーい、そこの鴉《からす》、手拭い取ってきてくれ」

窓辺に留まっていた白い鳥に頼んでみた。

白い鳥は珍しいが、何度か見たことがある。これは白鴉だ。

「ええっ白い鴉？　初めて見ました。いえ、でも鳥には無理ですって」

栄関には白い鴉が肯いたように見えただろう。飛び上がると、浴場に入り棚の上に畳まれていた手拭いを足で摑《つか》んだ。言われたとおり飛牙の手に落とす。

「すごい。胤殿は地仙《ちせん》だったのですか」

「いや、まあ、うん、そんなとこだ」

面倒になってそういうことにしておいた。

「しかし、なんか妙な鳥だな」

「それはそうですよ。白い鴉なんてめったに見られるものじゃありません」

「いや、そういうことじゃなくて——いやいい」

白鴉はしばらく胤の湯浴みを眺めていたが、そのうち飛び立っていった。

「着替えは用意しております。そのあと髪を整えます」

風呂の隣に着替えが一式用意されていた。

「これは謁見のときにつける帯じゃないのか。この履物もそうだな」

金糸の刺繡《ししゅう》がなされた帯に驚いた。

「あ……はい。このあと、陛下からお言葉を賜りますゆえ」

女王陛下とご対面か。

何を言われるのだろうか。子作りにお励みなさい、かな。励んでしまっていいのだろうか。これでも元徐王で、現徐王の兄だ。

そんなことを考えながら勝手に着物を着る。栄関が手伝おうとしてくれたが、面倒なので断った。

王太子の頃は子供だったから黙って従っていたが、今思えば馬鹿馬鹿《ばかばか》しい習慣だ。自分でやったほうが早い。そもそも自分でやることだ。

「それでは髪を結わせていただきます」

頭上で髪を丸め、葛巾《かっきん》で覆うらしい。このあたりも徐と同じだ。

「おや、見たことのない蝶がそこに」

栄関が窓辺の蝶に気がついて微笑《ほほえ》む。もちろん天令万華の那命だ。隠れる気もないのだから困ったものだ。

「なあ、俺そっちの色の葛巾のほうが好きだわ。いいだろ」

興味を持たせないよう、話をそらす。

「はい、こちらも良いお色です」

こうして身支度が整った。

十年ぶりに正装した飛牙の姿に世話係の少年は頰《ほお》を赤くした。

「ご立派です。これほど見目麗しいお姿になるとは」

「なんでも似合うんだよ、俺は」

褒められていささか調子に乗っていた。窓辺の蝶にどうだとばかりに目をやる。

「王女殿下はお目が高い。お似合いでございましょう」

「亭主ならともかく胤だろ。お似合いもなにもないさ」

公《おおやけ》にされることのない日陰者だと聞く。

「そのようなことは……陛下との謁見の前に王宮監理官からお話がございますので、お部屋でお待ちください」

王宮監理官とは彭濤基のことらしい。陛下に無礼がないよう、拾いものの胤に心得を伝えるということだろう。


「俺は胤になりたいわけじゃないんだが」

一応、自分の気持ちを改めて伝えておく。目の前の男は困惑していた。

「我が父は気が短いゆえ、辞退はおすすめできない」

摂政が生きて帰すわけがなかろうと暗に言う。

「それに殿下がその方《ほう》を所望していらっしゃる。あの方にとっては死なない男が理想の胤なのだ。そなたはふてぶてしいので丈夫だと思われたのだろう」

過去二人の胤が不審死を遂げたというのは那俞から聞いているが、ここでそのことを問うとどこから情報を得たかと逆に問い詰められるのがオチだ。

「陛下が胤とお会いになるのは異例だ。殿下が城を抜け出してまで見つけてきた胤に興味がおありらしい、是非にとおっしゃった」

それにしても、と濤基は驚愕《きょうがく》の眼差《まなざ》しを向ける。

「ずいぶんと化けたものだな」

「こんな格好すれば誰だってましにはなるだろ」

ここでは調子に乗るのはやめておいた。この男はこちらを試している。軽薄に思われるのは願ったりだが、出自の詳細を調べようなどと考えられては困る。

「体に傷跡が多かったと聞くが？」

「南羽《なんう》山脈を往復したからな」

「ホラ話はけっこうだ。まあ良い。まずは決めごとを覚えていただこう。その方は今日から胤殿と呼ばれる。名は捨ててもらう。殿下は名を呼ぶだろうが、それに甘んじてはならない。自らを人と思ってはいけない。天の憑代《よりしろ》だ」

着飾った女たちがしのぎを削る徐の後宮もなかなかの魔窟《まくつ》だったが、ここも充分えげつない。建て前と綺麗事で塗り固められている分、余計に胸くそが悪かった。

「殿下が招いたときだけ、ご寝所へ向かうように。くれぐれも失礼のないよう、その、丁重に……」

夜の営みについてはさすがに言いよどんだ。なんであれ、やることは同じだ。

「気は強いが純なお方ゆえ、心配りが必要だ」

とはいえ前に二人胤がいたわけだから、何の経験もないというわけではないだろう。そうは思っても、黙って肯いておく。

「了解」

「陛下との謁見だが、顔を上げるよう命じられるまで頭《こうべ》を垂れているのだ。両膝《りようひざ》をつき、ご挨拶をしたら訊かれたことにだけ答えるよう。自分から問いかけるような無礼は決してしてはならぬ。槍《やり》を持った武官も控えておるゆえ、気を引き締めよ」

聞いているだけで息がつまるようだった。

「失礼いたします。陛下がお呼びです」

扉の向こうから先ほどの世話係姜栄関の声がした。

「では参ろうか、胤殿」

立ち上がった濤基のあとに続いた。

(妙なことになったよな)

奇《く》しくも燕国女王と元徐王の会見となるわけだ。

正式な謁見の間ではなかったが、裳裾《もすそ》を揺らし、玉座にゆったりと座った女王は確かに美しかった。若くはないが、飛牙はこのくらいの女のほうが好きだ。なんといっても後腐れがなく金払いがいい。

もちろん、最初にちらりと見えた感想である。まだ顔を上げることは許されていない。

「顔をお上げなさい」

「ははっ」

ここでゆっくりと顔を上げ、ご対面となった。女王は気怠《けだる》げにこちらを見下ろしている。確かに天官にふさわしい雰囲気があった。

女王の横に初老の家臣がいた。

「陛下に無礼なきよう。私は張瑞丹《ちょうずいたん》と申す。徐国より旅をしてきたとか」

「はい」

「内乱でずいぶんと大変だったと聞きます。天はやはり庚《こう》ではなく徐を選んだのですね」

女王の声はずいぶんと柔らかい。

「……そう思いたいところです」

少なくとも天令は味方につけたのだから、あながち間違ってはいない。あとは亘筧が幼いなりにどう治めるかだ。聞老師《ぶんろうし》を丞相《じょうしょう》に迎えたらしいので、心配はしていない。

「王都に着いた早々、娘を案内してくれたそうですね」

「いえ、付き従っただけでございます」

「甜湘のことだから振り回したのでしょう」

「とんでもありません。姫様の世の中を知りたいというお気持ちに感銘を受けました」

「街に出てあの子は何か学んだのでしょうか」

「はい。それは間違いございません」

飛牙は堂々と受け答える。もう少しおどおどしてみせたほうがよいのかもしれないが、少しばかり徐を背負っているような気がして、それはできなかった。

「母として礼を言います。胤としての任、しかと申しつけますゆえ、甜湘のことよろしくお願いします」

女王はいたって常識人に見えた。しかし、ここまで女王直々に任されたとあっては逃げづらい。女王と王女の立場を悪くしそうだ。

「尽力いたします」

とりあえずそう答えるしかない。

「どう思いますか、瑞丹」

傍らの重臣に意見を求めた。

「姫様がお気に召されることが一番かと」

「私もそう思います」

女王は艶《あで》やかに笑う。

「ありがとう、お下がりなさい」

謁見を終え、廊下に出ると飛牙は深く息を吐いた。

なかなか緊張するものだ。逆の立場なら近い経験はあるが、王と話すとはこういうことなのか。

「ずいぶん、落ち着いていたな」

濤基がぼそりと呟《つぶや》いた。

「こちとらはったりで生きてきたんだよ」

さて、この先どうしたものか。


「よくもまあ安請け合いをするものだ」

銀髪の少年の声は心底呆れていた。

部屋に戻った途端、これだ。天令様は元王様の教育係にでもなっているつもりらしい。部屋の前から番兵はいなくなったが、まだ油断はできない。人形《ひとがた》はまずいだろうに。

「あの場でお断りしますとか言ったら、俺死んでるわ」

「逃げ出すのだろう？」

「いずれな」

少しばかり、この国がどうなっているのか確かめたい気がした。女王は無能とも暴君とも思えなかった。それでも燕は庚の頃を思い出すような荒れ具合だ。無念に死ねば人は魄奇《はくき》となりやすい。人の力が弱まれば暗魅《あんみ》が暴れる。

「まさか首を突っ込もうとしてはおらんだろうな。ここはそなたの国ではないぞ」

「わかってるって。でも、隣国の荒廃は徐にも影響するだろ」

それで越《えつ》に徐から難民が流れた経緯がある。

「それも含めてそなたの弟がなんとかすることだ」

「まだ餓鬼だしさ」

「その子供に王位を押しつけたのだろうが」

「いやいやいや、早めに王としての力をつけたほうがいいし」

言い訳と突っ込みの応酬に疲れたか、那俞は寝台に腰をかけた。

「そなたと話していると頭が痛い」

「姫さんに直接話してみるさ。急いでるんだがってさ」

おそらくあの王女殿下が一番話しやすい。

「事は姫の一存では済まなくなっておるぞ」

「摂政側か」

「この国には事実上王が二人いる。そこが問題だ。胤のことも諍《いさか》いの種の一つになっている」

「徐や越には丞相はいるが、決定権をもつのは王だ。ここではそうでもないらしいな。女だからと舐められているんだろ」

「それもあるが、始祖王が天官だったということが大きいのかもしれん。祭事と政治で分けやすい」

「祭事って何すんだ。徐ではたいしたこともしてなかったぞ。玉《ぎょく》は堂守が守っていた。祈ったところで天は不干渉だろ」

「たわけ、御利益のために祈るのではない。天に感謝を捧げる謙虚な気持ちがなにより大切なのだ」

天令は不心得者に祈りのなんたるかを説く。

「とにかく、姫はそなたが気に入ったようだぞ。胤になっても簡単に死にそうにないところが良いと言っていた」

「彭濤基もそう言ってたな……そこまで命がけの役職ってことか」

　女児が生まれなければ処刑。女児が生まれても軟禁。それ以前に不審死多発。これほど不憫《ふびん》な仕事があるだろうか。

　げっそりしていると、扉の向こうで声がした。那命は急いで姿を変える。

「お疲れのところ申し訳ありません」

　栄関の声だった。飛牙は扉を開けた。

「どうした。まだ何かあるのか」

「王女殿下よりお招きの言葉がありました。今宵《こよい》必ず部屋に参るようにと」

　飛牙は息を呑《の》んだ。

「……早いな」

「健闘をお祈りいたします」

　戦地に兵を送り出すかのように言われ、飛牙は軽く目眩《めまい》を覚えた。

四

　この日、もう一回湯浴みをするはめになった。

　磨き上げられた飛牙はしずしずと王女の部屋に向かう。途中までは栄関がついてきたが、部屋の近くまで来ると立ち止まった。

「これより先は胤殿以外の男子は入れません。正面のお部屋でございます」

「そうか。じゃ、頑張ってくるわ」

「……羨《うらや》ましゅうございます」

栄関がぼそりと呟いた。

「胤なんかが羨ましいのか？」

「いえ……そうではなく。あ、いえ、どうぞ姫様と良い時を」

慌てて一礼すると、栄関は足早に去っていった。

「ま……いいか」

頭を掻《か》き、少年を見送ると飛牙は回廊を進んだ。一定の距離に設置されている灯が行く先を薄ぼんやりと照らしてくれている。それでも暗く、冥界《めいかい》への一本道にも思えた。

「えっと、部屋の前の鐘を鳴らすんだったな」

チンと鐘を鳴らすと、扉が開き侍女らしき女が迎えた。

「胤殿でございますね」

はい、と答えると侍女は部屋へ招き入れてくれた。

「私は甜湘殿下付の英寧と申します。少々お待ちを」

三部屋が繋《つな》がっているようだった。ここは外と繋がる応接室というか事務室のような部屋で、両脇《りょうわき》に王女の寝室と侍女らの控え室がある形だろう。徐の後宮もこれに近い造りだった。

「姫様、胤殿のお渡りです」

英寧が扉の前で声をかけた。

「入るように伝えてくれ。英寧はもう休め」

「はい、そのように」

扉を挟み、やりとりを済ませた。

「それではどうぞお入りください」

けっこうな数の女と関わりはあったが、さすがにこの状況は緊張した。柄にもなく胸が高鳴る。

「失礼いたします」

扉を開け、中に入った。

中には机や調度品が置かれ、水墨画の描かれた衝立《ついたて》の奥に天蓋が見えた。お姫様の部屋にしてはこざっぱりとしている。

「飛牙なのか。驚いた、見目の良い男だったのだな」

「まあな。お姫様もそんな格好だと随分と色っぽいな」

衝立の向こうから現れた寝間着姿の甜湘は、街で共に過ごしたときより大人に見えた。

「渡りの夜はこのようなめくりやすくて薄っぺらい格好をさせられるのだ」

「たいそうそそられるが、俺は理由があって旅している身なんだよ。残念ながらここで子作りしてる暇はない」

「うむ。やはりそうか。濤基には道楽旅人と答えたそうだが、違うのだな。すまぬ」

鼻っ柱は強いが、けっこう素直だ。

「で、けっこう困っているわけだ」

「だろうな。だが、しばしここにいてくれ。そなたにいてもらうと都合がいいのだ」

「跡取り娘を産むのが目的なら誰でもいいんじゃねえのか」

甜湘は少しだけ唇を尖《とが》らせた。

「誰でもよくはない……私にも心はある」

「だからこそ、好きな男が死んだら辛いだろ。胤って滅法死にやすいみたいだし」

「たとえ嫌いでも私のために死なせたくない。だからそなたを選んだ。死にそうにない」

「いや、俺だって殺されたら死ぬって」

「私は二人の胤を失った……濤基が選んできただけで元々好きも嫌いもなかったが、

それでも二人とも心根が良く、とても優しかった。そしてとても悲しそうだった」

甜湘はうつむいた。

「何故死んだんだ？」

「宗右《そう》は病気だと言われた。でも前日まで元気だった。黒い筋のようなものが首に浮かび上がって、顔まで罅割《ひびわ》れたように見えた。志譲《しじょう》は部屋の窓から落ちて死んだらしい」

「もしかして、俺がいる部屋か」

そうだ、と甜湘は肯く。

「気合入れて身を乗り出さなきゃ、落ちるような窓じゃなかったぞ」

「だから、自害したのかもしれないと言われている」

「二階からか？」

しかも下は土だった。

「私は二人とも殺されたのではないかと思っている」

「誰がなんのために。子供を作ってもらわなきゃ困るだろ」

「わからない。私に子ができないほうがいいと思っている者がいるのかもしれない。わからないことだらけで隔靴《かっか》搔痒《そうよう》の感にとらわれている」

もどかしい気持ちを小難しく語った。確かに次期女王を殺せば大問題だが、胤ならたいしたことはない。なにしろ名前も人格も奪われているのだから。

「最初の胤は黒い筋が首から顔に浮かび上がったんだな。その死に方、旅の途中で聞いたことがある」

「やはり病気なのか」

「どうかな、知っているかもしれない奴《やつ》がいるんで訊いてみたいな。しかし俺、外に出られるのか」

秀成《しゅうせい》なら何か知っているのではなかろうか。

「胤は王宮から出られない。だが、安心しろ。私がいる」

甜湘は寝台の下からなにやら取り出した。縄梯子《なわばしご》と着物と履物だった。

「今宵ここから脱走するぞ。夜が明けるまでに戻ってくれば大丈夫だ」

「おいおい姫様、また家出する気か」

「警戒されて一人にしてもらえなくなった。だが、胤が渡ってくる夜ならばさすがに張り付いてはいない。そなたなら一緒に行動してくれると思ったのだ。私は自分で調べて知りたい。ここにいてもすべてのことがねじ曲がって伝わってくる。前からこっそり準備は整えてある。渡りの翌日は昼まで寝ていてもよいことになっているから安心だ」

とんでもない姫様もいたものだが、うっかり情を交わし子供を作ってしまうよりは

ましかもしれない。確かにこれで外に出られる。

(……逃げようと思えば逃げられるな)

夜の街で姫様一人を撒《ま》くなど容易《たやす》いことだろう。

「いいだろう」

「よし、ちょっと待て。すぐに着替える」

甜湘は衝立の陰に回った。

「見張りの兵は?」

「多くない。一度通り過ぎれば半刻《はんとき》は戻ってこない」

それならばなんとかなるだろう。この姫様は脱走経路も調査済みらしい。

「宗右と志譲が何故死んだのか知ることができれば、そなたを守ることもできるはずだ。胤一人守れなくて何が王女だ。私はやるぞ」

甜湘は窓を開けて外を確認した。

こんな一途《いちず》な思いを聞かされると、この機会に逃げようと考えること自体気が引けてくる。飛牙にも良き王になろうという熱い志を友に語っていた頃があったのだ。甜湘と共有できる感情は少なくない。

(これが知れたらまたあの羽付きに何を言われることか)

はっと視線を感じて振り返ると、天井の隅に蝶が張り付いていた。

（いたのかよっ）

人の子作りを見学するつもりだったのか、この天令様は。

「見張りが通り過ぎた。さあ、行くぞ」

声を潜め、甜湘が手招きする。それを受け、いち早く蝶が窓から外に出ていく。

今夜も一波乱ありそうだった。

夜の街は目に見えてくっきりと分かれる。

灯が揺らめく歓楽街と寝静まる住宅街。小さな村だとしっぽりとした闇《やみ》しかないが、夜でも人が盛んに蠢《うごめ》く、それが王都だった。より暗魅に近い人間が多いのだろう。

今となっては飛牙もその類いの人間だった。甜湘には朝のような人のままでいてほしいと思う。だが、清濁併せ呑むのが王だ。この国は清と濁で分かれてしまったのが、近年になって綻《ほころ》びが目立ってきたのではないだろうか。

（どこの国もガタがきてるのかもしれねえな）

そんなことを考えていると蝶が肩に留まった。

――良い機会を得た。今のうちに逃げるのだろう？

傍らに甜湘がいる状態で話しかけられても答えられない。同じように頭の中で返答できればいいのだが、こちらの考えまでは那諭には聞こえない。もちろん、それは不幸中の幸いだった。頭の中まで全部読まれたのではたまったものではない。

「飛牙、物知りの男がいるのであろう？　私も会いたい」

姫からは期待の眼差しで見られ、蝶からは白い目で見られている。どうしたものか思い悩むが、まずは秀成と話したかった。よってまずは姫の期待に応えることにする。

「こっちだ」

肩が痛い。蝶の足はこんなに力が強かっただろうか。

「そちは蝶になつかれるな。そういえば小鳥も手懐《てなず》けていた」

「ん……まあな」

「私は今日窓から白い鴉《からす》を見た。たいそう美しかった。これを吉兆だと思いたい。天なんかよりあの鴉と話してみたかった。絶対面白いことを見聞きしている」

そんな話をしながら秀成の住まいに向かう。歓楽街ではない暗い夜道は月明かりだけが頼りだった。

――今夜中に逃げるのだぞ。私は気付かれてないか城まで確認しに行ってくる。

「頼む」

小さな声で返し、飛び立つ蝶を見送った。

「何？」

「いや、そこだ」

なめし革の工房の二階を指さした。と、そのとき戸が開き秀成が出てきた。

目が合うと、秀成は大慌てで降りてきた。本当に迷惑だったのだろう、暗い中でも顔色が変わったのを感じた。

「よう、悪いな」

「こんなところに来てもらっちゃ困るんだ。やめてくれ」

ほとんど泣きが入っていた。

「そこをなんとか。あんたの知識が必要なんだ」

「あれ以上のことは知らない。何もわからないんだよ」

「いや、今回はこちらのお嬢さんが知りたいことがあって」

甜湘は一礼した。

「夜分まことに申し訳ない。無知な小娘に是非ともご教授願いたい。充分な謝礼もさせていただく」

これには秀成も面食らったようだ。若い綺麗な娘ということで抵抗が緩む。

「いや……しかし、家に上げるわけには。食事をしようと思って出たので」

「ならば馳走《ちそう》させてほしい。美暁さんの店には奥に個室もあったはず。そこでいかがか」

奥の部屋はおそらく男女がよろしくやるために貸しているのだろうが、甜湘にはそこまでわからなかったようだ。

「あの部屋……？」

誤解されないように飛牙が間に入った。

「いいじゃねえか。三人でゆっくり呑んで話そう。な、俺たち秀成老師からいろいろ教わりたいんだよ」

秀成の背中を押した。

指先が震えている。この男は何をそんなに怯《おび》えているのだろうか。ともかく、店に連れていった。

「あら、三人で食事？」

美暁は目を丸くして迎えた。店はさほど混んではいない。

「奥の部屋借りてもいいいか」

「えっ、ああ、内緒話ね。わかったわかった。空いているからどうぞ」

案内されて奥へと向かった。

逢《あ》い引《び》きにちょうどいい小さな部屋である。天井も低いので椅子ではなく床に座る形の部屋だ。すぐに酒と料理を注文して三人で円卓を囲んだ。先に酒が運ばれてくる。

「私は地仙くずれに過ぎない。何が知りたいんだ」

秀成はここまで来てもまだ怯えていた。声は消え入りそうで、店から聞こえてくる酔っ払いの叫び声に身をすくませる。

「私の知人が奇妙な病で死んでいる。それがなんなのか、本当に病なのか知りたい」

甜湘が語ると、秀成は思い切り酒を呷《あお》った。

「私は医者ではない」

「医者にも病名はわからなかった。私は呪いか毒ではないかと思っている」

秀成の額に汗が湧《わ》いてきていた。

「……症状を言ってみなさい」

「死の前日までなんともなかった。それが急に首筋に黒っぽい線が浮かび上がったのだ。まるで根が逆に這《は》うように顔まで伸びて、のたうちまわるように苦しんで死んでいった。最後までしっかり理性はあった。それが余計に憐《あわ》れで……」

甜湘は唇を噛《か》んだ。

「それは呪いではない。おそらく……毒だろう。西咆《せいほう》山脈に棲息《せいそく》する暗魅から抽出したものではないかと思う」

秀成は頭を押さえ、記憶を振り絞るように顔をしかめた。

「毒を手に入れるために暗魅を殺すということか？」

飛牙が訊《たず》ねる。暗魅は人にとって脅威だ。身を守るために襲われれば立ち向かう。だが、何もしていない暗魅を狩りに行くというのは初めて聞いた。

「そうだ。暗魅からすれば人のほうが脅威かもしれないな」

秀成はかすかに笑った。

「使役するのではなく、か」

「使役できる暗魅は人花《じんか》か騎乗できるものだけだ。この毒を持つ暗魅は九足《きゅうそく》と呼ばれて、むかでのような形をしている。大きさは人間の子供くらいはあるらしい。見たことはないが、里に下りてくる暗魅ではないようだ」

甜湘は蒼白《そうはく》な顔で黙り込んでいた。最初の胤が毒殺されたことがはっきりしたのだから無理もない。

「わざわざ暗魅を使わずとも、毒なら植物でも虫でもいくらでもあるだろう」

「その手の毒はほとんど解明されている。医者ですら毒と断定できないように殺そうと思ったら、暗魅の毒が最適なのだよ」

庚王を時間をかけてゆっくりと殺した毒も暗魅だった。溶けた内臓を吐き出してもなかなか死なず、ついには人の形が残らないほど溶けて床に這いつくばっていた。飛牙は思い出して気持ちが悪くなり、箸《はし》を置いた。

生き物は親から生まれるが、暗魅は闇から生まれる。

「もっともそこまでできる毒師はめったにいないだろうが」

「だが、いたってことだろ。知らないか」

秀成はかぶりを振った。

「私は極力人と関わらないように生きている」

何故と訊きたかったが、この男の人生を背負えるわけでもないのに、そういったことを訊くのは傲慢《ごうまん》というものだろう。

「俺は燕の南の村で同じ死に方をした男の話を聞いた。村は飢饉《ききん》で苦しんでいた。その男は一揆《いっき》を計画していたらしい」

「それなら殺されたのだろう。反乱は芽から潰す。それも不気味にひっそりと。徐が滅んだとき、この国もその点を胆《きも》に銘じたはずだ」

徐国の滅亡と復活は他国にとっても影響が大きかったようだ。それは旅の途中でも感じていた。

「……そんなことをするとすれば摂政しかおらぬ」

怒りにかっと目を見開き、甜湘が呟いた。途端に秀成は立ち上がる。

「やめてくれ。私を巻き込むな」

止める間もなく、秀成は部屋を飛び出していった。

「どうしたの、まだ料理が全部できてないわよ」

「いらないっ」

美暁を振り切り、秀成は店の外へと走り去っていった。気になったのか、美暁が店の外まで追った。

「連れ戻す」

まだ訊きたいことがあったのだろう、追いかけようとした甜湘の腕を摑み制止する。

「あれではもう無理だろうさ」

「すまぬ。余計なことを言ってしまったようだ」

甜湘は座って口の中に棗《なつめ》の酢漬けを放り込んだ。

「だが、あの男は怯えすぎではないか。ここに摂政がいるわけでもないのに」

実際に摂政が毒師らしき男を雇っているというのは那俞から聞いていた。どうやらその男の毒が最初の胤を殺したのは間違いなさそうだ。

「壁に耳ありってな。まあ、迂闊《うかつ》に口に出せることではない」

飛牙は酒に口をつける。

「やはり彭一族が人知れず粛清を行っていたのだな。この国は暗殺と欺瞞《ぎまん》で成り立っているのか」

「摂政が自分らにとって危険なものを早めに始末するというのはまあわかる。しかし、胤を殺す理由がわからない」

胤には政治的な力もなく、脅威になる存在ではない。枯れることも許されず、手折《たお》られる花のごときものだ。

「やはり私を廃嫡する理由がほしいのだろう。昭香のほうが御しやすい」

「過去に子ができなかったという理由で名跡姫を廃嫡にしたことはあるのか」

甜湘は首を横に振った。

「いや……亡くなって妹に継承権が移ったことは何度かあるが、廃嫡はなかったと思う。もちろん、記録によればという話だが。女王に跡取り娘が生まれなければ、妹や従姉妹の娘を養女に迎え名跡姫とする。女王の娘というより、始祖王灰歌の血を引く女であることがもっとも重要なのだ」

そうやって女系を続けてきたらしい。

「それだと姫さんの胤を殺す意味はあまりなさそうだな」

「だが……宗右が殺されたことははっきりした」

甜湘は拳《こぶし》を固く握った。

「殺し殺されが歴史だからな。徐もそんなもんだ。燕もいろいろあったんだろ」

「うちの歴史でもっとも大きな事件といえば、十二代の尚真《しょうしん》女王が好きな男のために王位を捨てて駆け落ちしてしまったことだろう。女王は夫を持てないからな」

これはまた情熱的な話だ。

「そりゃすごいな。愛人じゃ駄目だったのか」

「私もそう思った。うまくやれたんじゃないかと。だが、当時は国の人口が三割も減るほどの厄災続きだったそうだ。飢饉に天災、疫病の蔓延《まんえん》……ついには巨大な飢骨《きこつ》が各地で湧いたという。神聖であるべき女王が男妾《だんしょう》などに溺《おぼ》れているからだと宮中で大きな非難が起こった。女王は悩んだ末、男と別れるより王位を捨てることを選んで消えてしまった。体の弱い妹姫が跡を継いだが、急なことで混乱から対策もたてられず、国の乱れは続いた。それが元で、摂政の力が増した」

「そのうえ王族の女が愛人を持てば、国が乱れたときにそのせいだと責められるようになったわけか」

胤との子作りだけは強制に近いのに、夫も愛人も持てないとは気の毒な話だ。

「そうだ。他の国の王は大勢の妻を持っているのに、この国では女王が本気でただ一人の相手を愛してしまえば罪になってしまうのだ。こんな馬鹿《ばか》な話はない。彭仁旺など何人の女に子を産ませたことか。そんな奴にふしだらみたいに言われたら、私など怒りで頭の血管が切れてしまうだろう」

憤懣《ふんまん》やるかたないというように、甜湘は拳で卓を叩いた。

「わかるわかる。でも酒は呑むなよ。喰え」

酔って倒れられたら朝までに城に戻るのは不可能になる。逆にいえば飛牙はこの場から逃げやすくなるのだが、甜湘の気性ではたとえ一人でも戦おうとするだろう。味方のいない十八の娘を一人残すのは忍びない。

「歴代最悪の女王と言われるが、私は尚真女王が嫌いになれぬ」

「徐にも放蕩三昧《ほうとうざんまい》で家臣に暗殺された王様がいたけど、それとは違うもんな。その女王は純愛だからだろ」

甜湘はこくりと肯く。

「どれほどの苦渋の決断だったことか。尚真女王とその恋人は、二人きりで西咆山脈で暮らしたという話だ。真偽はわからぬが、男はわずか数年で死に、彼女は一人泣き暮らしたという」

飛牙は美暁から聞いた話を思い出した。

「西咆山脈に泣き妖妃《ようひ》と呼ばれる暗魅だか魄奇だかの噂《うわさ》があるらしい。泣き声を聞くと死ぬとかいう……もしかしたらその女王が元になってる話なんじゃないのか」

甜湘は目を見開いた。口元を手で押さえる。

「まさか……いや、ありえないことではないか。もしそうなら……今も尚真女王の魂が泣いているというなら、なんと憐れな……救えないものだろうか」

「あれだけの山で会うこと自体難しいだろうからな。せめて姫さんが祈ってやればいいんじゃねえか」

「そうか……そうだな。明日にでも天窓堂《てんそうどう》で祈ってみる。私に女王を慰める力はないだろうが、それでも心を込めて祈ろう」

甜湘はきりりと顔を上げた。

「私は女王としての責務も自分の人生もどちらも諦めたくない。迷惑なのはすごくわかる。だけど……飛牙に手伝ってほしい」

気の強い女が心細そうに言う頼み事というのは、どうしてこうも断りにくいものか。

裏雲《りうん》を救う方法を見つけたい、その気持ちは変わらないが、ここで甜湘を捨てることはできなかった。

(……また天令様に叱《しか》られるな)

それでも時期が来るまで、甜湘のそばにいることに決めた。決めたら腹も据わる。

「よっしゃ、先輩胤殿の仇討《あだう》ちといこうじゃねえか」

五

夜だというのに、どこかで争う声がしていた。

武人の国〈越〉は治安の良さが自慢だったはずだが、現実はそうもいかないらしい。昨日も官吏が二人殺されたと聞く。

越王は病がち、母親の違う複数の王子。どうなることやら。王政はどこまで機能しているのか。他国のことに口を出す気はないものの、悪い虫が疼《うず》く。

裏雲は寝台に寝そべり、子猫を撫《な》でていた。普通の猫なら気持ち良さそうな顔をしてくれるのだろうが、この猫は丸くなって寝ているだけだった。

ふと子猫が顔を上げた。

「ん、そろそろか」

窓からこつんと音がした。裏雲は立ち上がると、窓を開けた。白い鴉がさっと入ってくる。子猫の目が鋭くなった。

「ご苦労様、雪蘭《せつらん》」

白鴉は労《ねぎら》いに応えるように姿を人に変えた。色白の楚々《そそ》とした美少女となる。

央湖《おうこ》のほとりで手に入れた暗魅は白い鴉だった。できればもう少し目立たない人花を使役したかったが、生憎《あいにく》こんな忌《い》み人を気に入ってくれたのは雪蘭だけだった。

「やっと見つけました、あなたの想《おも》い人」

「よかった。どこにいた？」

「燕の王都。王宮で湯浴みしていたわ」

やはり燕か。不良殿下はちゃっかり王宮にまで入り込んでいるらしい。

「わたくしに手拭いを取ってくれと言ったのよ。あれには焦ったわ。正体に気付いたわけではなかったようだけど」

本人は鴉に獣心掌握術を使ったつもりなのだろう。

「旅人が王宮で湯浴みというのはどういう状況なのかな」

「さあ。胤殿って呼ばれていたけれど」

裏雲の切れ長の目が丸く見開かれた。燕国で胤といえば、女王や王女に子種をもたらす男だ。あのやさぐれの間男は、そんな役どころに収まっていたのか。

「……呆れてものが言えない」

玉座を蹴って、他国の王女の種馬とは。

いったい私はなんのためにすべてを犠牲にしてまで忠義を捧げてきたのか。殿下を不良の間男の種馬にするためでは断じてない。怒りのあまりに目眩がして寝台に倒れ込んだ。

何を考えているのか。いや、何も考えていないのだ。殿下が苦労したうえに身につけた処世術は何事もなりゆきに任せるというもの。

（……天の意志もあるのかもしれない）

あれでも王玉を宿していた者だ。

それにしても人に「一緒にいたい」と目を潤ませて訴えておいて、舌の根も乾かぬうちに王女を孕《はら》まそうというのか。

なんと悔しや。なんと恨めしや。やはりあのとき殺しておけばよかった。

腹立たしさに身を焦がしていたら、なにやら〈女〉たちから殺気が漂ってきた。

「この猫、わたくしを食べたそうな顔をしてる」

雪蘭は愛らしい唇を尖らせ、猫を睨《にら》み返した。

蛇と猫の相性も悪かったが、当然のことながら鴉と猫の相性も悪い。これで月帰《げっき》がいたら三すくみだ。

「仲良くしろとは言わないが、殺し合わないように」

裏雲は起き上がった。

夜風にあたりながら街を歩こうと思った。殿下を見守り、静かに余生を過ごそうかとも思っていたが、その殿下が燕国で王宮に入り込み大いに楽しんでいるのだ。私が大人しくしていることもあるまい。

天に焼かれて死ぬ前に、無慈悲な天に代わってこの地上に大いに干渉してやるのも、また一興。

猫と白鴉を部屋に残して、裏雲は部屋を出た。

睨み合いくらいならしているだろうが、本格的な喧嘩《けんか》にはならないだろう。そこは同じ主人を持つ人花だ。自制心はある。特に宇春《うしゅん》は面倒ごとを嫌う。

最近は物騒なことが多いので夜はあまり出ないほうがいい、と宿屋の女将《おかみ》に忠告されたが、余命少ない忌み人に惜しむ命はない。

不肖の殿下を見習って色街にでも繰り出そうか。翼が邪魔をしてその手の欲望は薄いが、美女と酒を酌み交わすのも悪くない。そういうところにこそ、面白い情報は転がっている。

武人の国と言われる越の王都だけあって、建築物や街並みも無骨なところがある。女王国で西異境の影響を受けた燕とは対照的だ。

燕の王都には友人がいるので何度か飛んだ。異国風の美女は多いが、砂埃《すなぼこり》で翼が汚れるのが難点だ。だから、旅立ちにあたって選ばなかった。あの殿下は女王国という響きだけで選んだのだろう。

よりにもよって胤に収まっているのだから、あの愛らしい天令も気が休まるまい。

色街の灯はどこも同じ。浮かれ男を甘く誘う。

は て、どこからか走り回る音がする。

建物の陰から老女が転がり出てきた。それを追い、刀を持った男が飛び出してくる。

さっそくこんな場面に出くわすとは本当に物騒な街だ。

「年寄りに無体な。これが二の宮様のやり方かえ」

老女は小包を胸に抱きしめ、男に吠《ほ》えた。なかなか気丈な女だ。

「なんのことだ。それがしはただの強盗。命まではとらぬ、それをよこせ」

言葉遣いがすでに強盗ではない。

「誰か、誰か助けてくだされ」

「誰も来ぬわ、いいからそれを渡さぬか」

そんな会話をかわしていた連中が、すぐ脇に一人の男が立っていることに、やっと気付いた。

「お、お助けください」

老女はすがるような目で助けを求めた。

「……邪魔をする気か」

男が刀の柄《つか》に手をかけた。

完全に巻き込まれてしまい、裏雲はどうしたものか逡巡した。老女を助けて何か得があるだろうか。向こうも殺すとまでは言っていない。しかし、この老女が言った〈二の宮〉とは、おそらく越国の第二王子のことだろう。

関わるべきか立ち去るべきか、頭の中で損得を秤《はかり》にかける。そのとき、裏雲の背後から猫が男に飛びかかった。

思い切り、顔をひっかかれた男が悲鳴を上げる。振り回した刀を身軽に避《よ》け、猫は着地するとふうと毛を逆立てて威嚇した。

「宇春……ついてきたのか」

おおかた鴉娘と睨み合うのが嫌になったのだろう。こうなってしまっては関わらないというわけにもいかない。裏雲は腰から小太刀を抜いた。

「お引きなさい」

そう呼びかける。

「……致し方ない」

顔から血を流した男は舌打ちをすると、その場から足早に立ち去った。

おそらく武人だ。やりあえばこちらもどうなったかわからない。宇春も主人を守るために本気になりすぎるだろう。

「間に合ってよかった。お怪我《けが》はありませんか」

片膝をつき、倒れていた老女に手を差し伸べた。

　こういう流れになった以上は、こちらに恩を売るのがよい。おそらくは、こちらも王族の関係者。

「ありがとうございます。助かりました」

　目を潤ませ、色男を見上げる。

「危ないところでした。お送りいたしましょう」

　とびきりの善人面《づら》で申し出た。

第五章　天の毒・地の毒

一

飛牙《ひが》はまず、この国の歴史や王政を学ぶところから始めた。

なんといっても代々女王のみというのは他にない。徐《じょ》と越《えつ》には男の王しかいない。駕《が》に関しては伝わってこないが、基本は男の王のはずだ。

後宮がないのだから金もかからずけっこうなことだ、くらいにしか思っていなかったが、ある意味後宮というのは優れた制度なのかもしれない。よりどりみどりだから王様は外に遊びに行かない。女たちは管理できる。好みにうるさくとも一人くらいは気に入る女がいる。全部妻だから浮気じゃない。たまに美女より美童のほうを好む王もいるが、とりあえず子供さえ作っておけば文句も出ない。

それに比べ、ここの女王の窮屈さよ。

勝手に連れてきた男と子供を作れと強要されるが、それでも互いに情が生じることもあっただろう。だが、結局は殺されるか軟禁されるかで二度と会えない。これでは誰かを慕うという感情も押し殺すしかない。

甜湘《てんしょう》の言うとおり、始祖王灰歌《はいか》は意外に自由な女だったようだ。夫婦にはならなかったが、惚《ほ》れた男の娘を産んでいる。しかもその男の名は決して明かさなかったようだ。明かせない相手だったのかもしれない。

二代目三代目は夫を持っていたが、四代目の女王から胤《たね》になっている。これは女王の夫が幅を利かせ、王政に口を出してきたことから四代目自ら胤の制度に変えたようだ。最初のうちはそれでも愛人としてそれなりの扱いを受けていたようだが、徐々に排斥する動きが強くなり、九代目からは胤になった者は全員が生涯軟禁となっている。

驚いたことに、今でも建て前はそういうことになっているらしい。実際、処刑されてもすべて僧籍に入ったことになっているのだ。

(こわ……)

ぱたりと王国史を閉じた。

「面白いのですか」

姜栄関《きょうえいかん》に訊《たず》ねられた。ここは官吏たちがいる棟の資料室である。

「よその国の歴史は新鮮だよ」

「しかし、それが読めるとはすごいです。非常に難しい言い回しなどがあって、私には無理でした」

「ん……まあ適当に斜め読みしただけさ。俺もほとんどわかんなかった」

こういうところから疑惑が湧《わ》いてくるのだ。気をつけなければならない。もしかしたらわざとわからないように難しく書き残したのかもしれない。史家というのは史実を赤裸々に残したいものだ。だが、それが困る連中もいる。そのせめぎ合いの末、無駄に回りくどく、難解にするということは徐でもあった。

「しかし、ずっと俺に張り付いてなくてもいいんじゃないか」

「万が一のことがあってはなりませんから」

胤が二人続けて死んだことで警戒しているのか、逃げられないように見張っているということなのか。おそらく両方なのだろう。

「跡継ぎができるまでは大事にしてくれるわけだ。前の胤殿はどんな奴《やつ》だった？」

「私はまだ王宮に来てから間がありませんので、その方たちのことは存じ上げません。ですが、その話は……」

「存在しなかったことになってるわけだ」

「いえ……胤殿は僧院で余生を過ごされます」

たとえ見習いでも胤がどうなるかはもちろん知っているはずだ。それでもこう言わなければならないのだから恐るべき欺瞞《ぎまん》ぶりだった。

（とはいえ他人様の国だからな）

国のあり方に口を出す立場にない。それどころか徐の王兄であることを思えば、絶対に関わってはいけないのだ。

しかし、飛牙からすれば個人的に知り合った娘の頼みだ。やれる範囲で調べるつもりだった。

やはり怪しいのは摂政の彭仁旺《ほうじんおう》だ。暗殺で国を治め、のし上がった一族だろう。その辺は公然の秘密といった様子だ。

「徐には後宮があり、そこで働く宦官《かんがん》がいるのでしょう？　私にはそちらのほうが想像できません」

「そうか？」

「そうですよ。すべての妃《きさき》たちが王の子を産めるわけでもなく、ほとんどは手もつけられないのではありませんか。せっかくの美妃《びひ》が閉じ込められて花の命を散らすのです。それに宦官は去勢されるのでしょう。そちらのほうがよほど残酷に思えます」

栄関は少し熱くなっていた。自分の国を非難されたと感じたのかもしれない。

「それもそうだな。美女の無駄遣いだし、体の一部を損壊するってのもおぞましい話だ」

飛牙があっさり認めると、栄関はうつむいた。

「いえ……すみません。確かに胤殿への仕打ちはひどいものがあります」

「いや、俺こそ悪かった。あんたを困らせるつもりはない。直属の上司が摂政の倅《せがれ》じゃ、何かと大変だろ」

「元々は財務院で下働きのようなことをさせてもらっていたのですが、濤基《とうき》様を手伝うようにと言われ、最近こちらに異動しました」

案外王宮のことを報告させるために送り込まれたのかもしれない。普通に話すところをみても本人には密偵というつもりはなさそうだが。

「期待の新星。三人目の胤殿は姫との仲もすこぶる良好だって上司に報告して安心させてやってくれ」

「はい、そのつもりです」

このくったくのない返しから言って、栄関自身に裏はないだろう。

「あ、また蝶《ちょう》が……胤殿は本当に蝶に好かれるんですねえ。鳥も操るし」

頭に蝶が乗ったらしく、栄関はくすくすと笑っていた。同じことを甜湘にも言われている。少し気をつけたほうがいいかもしれない。

「みんな俺に夢中になるんだよ」

飛牙は立ち上がり、栄関の頰《ほお》を撫《な》でると、頭に蝶を乗せたまま資料室を出た。

「夜のために昼寝しとくわ」

少年官吏が頰を染めたことまでは気付いていない。


「何がみんな俺に夢中になる、だ。気持ちの悪い」

自室で二人きりになると、那俞《なゆ》はさっそく少年の姿に変わった。

「そなたは若い官吏までたぶらかす気か」

「たぶらかしてねえ。仕方ねえだろ、しょっちゅう蝶々が肩や頭の上に乗っていたら、なんとか誤魔化そうと思うだろうがっ」

この馬鹿《ばか》蝶々はそこがわかっていない。空気ではないのだ。

「人ごときにわかるものか」

生意気な顔でふんと鼻を鳴らした。

(黒翼仙《こくよくせん》ごときにばれて虫籠《むしかご》に入れられたんだろうが)

思っても言わないでやるのが温情である。

「そなたが何を考えているか顔を見ればわかる」

「そうかい、なら気をつけ——」

言い終わらないうちに枕《まくら》が顔めがけて飛んできた。

「王女に協力を約束したのだな。本当に逃げる気がないのか」

「大きな声を出すな。俺の声は辛《かろ》うじて独り言でも済むが、おまえの声を誤魔化すためには狂っているふりをしなきゃならなくなる」

部屋にいるときはさすがに栄関も入っては来ないが、どうやら向かいの部屋で雑用をこなしながら待機しているらしい。戸を開ければ偶然を装い出てくる。

「……胤を殺したのが誰かだけは調べたいと思う。でなきゃ甜湘が憐《あわ》れだ。俺もあの子も王になる者として生まれた。その痛みや重さがわかるのは俺だけだ」

天令《てんれい》にわかってもらおうと落ち着いて言った。

「予想どおり摂政が殺したなら大事《おおごと》になるのだぞ」

「だとしてもはっきりさせる。そのあとどうするかは甜湘の問題だ」

那兪は困惑していた。徐であれほど人の世に干渉してしまったのだ。その結果、地上に堕《お》とされ帰ることもできない。このうえ、燕《えん》でも国を揺るがす問題に関わってしまったら戻れる希望もなくなるだろう。

「勝手なことを」

少年の眉《まゆ》が曇る。

「俺と別れるか？　おまえにとってはそのほうがましだろ」

「言ったはずだ。私が天から最後に受けた指令はそなたのことだった。それ以外の命令がないうちは、そなたについているしかない。自由に生きれば天令は魔性になる」

国を滅ぼす大災厄を引き起こすとは聞いたが、那俞がそんなことになるとはとても思えなかった。なにしろ見た目は蝶々と少年だ。

「そうとは限らないだろ」

「天の指令を果たすから天令なのだ。たとえ天に捨てられたとしても、自分がそのつもりでいれば私は天令だ」

きっぱりと言うその姿に飛牙はいつも感心する。筋金入りの天令だ。天が那俞を本当に堕としたのだとすれば、それは天に見る目がないのだ。

「で、何が知りたい？」

那俞はぷんと顔をそむけた。

「調べてくれるのか」

「早く終わらせたいだけだ」

持つべきものは羽付きの友だ。

「まずは摂政だ。奴が暗殺に手を染めているのは間違いないだろう。だが、胤を殺す理由がよくわからない。国の実権が握れているのは傀儡《かいらい》に近い王がいればこそだ。簒《さん》奪《だつ》してまで王位を求める理由はないと思う。それなら甜湘に子を産んでもらったほうがいいはずだ。甜湘にどうしても不満があるというなら、胤ではなく甜湘を暗殺するだろう。摂政に胤を殺す動機があったのかどうか、そこを知りたい。それと、奴が雇っている毒師のことも、あとは——」

「そんなにいっぺんに言うな。まったくそなたはすぐ調子に乗る」

那俞は蝶に姿を変えると、窓から飛び去っていった。

「……ありがとな」

縁を結んだ天令が那俞であって本当によかったと思った。

二

天令は天の使いであって、断じて人ごときの使いではない。

腹はたつが、那俞はこうして今日も飛んでいた。摂政の屋敷《やしき》の上空まで来ると、屋根のてっぺんに留まり小休止する。

花に挟まれた小道をやってくる男が見えた。摂政に漸戯《ざんぎ》と呼ばれた毒師の男だ。両手で抱えた大きな包みから植物の蔓《かずら》のようなものがはみ出ている。おそらくあれは暗《あん》魅《み》の体の一部ではなかろうか。巨大な虫の形をした暗魅の中にはあのような触角を持つものもいる。飛牙が聞いてきた話のように、暗魅からとった毒が反乱の首謀者や胤を殺したとすれば、あれは毒の材料ということだろうか。

那俞は風に乗ると漸戯のあとをつけていった。

(毒の工房もここにあるというわけか)

完全なお抱え暗殺者だ。

屋敷の離れにある小屋が男の仕事場だった。換気の悪い地下室にしないのは正しい。

小屋の前で男が立っていた。彭仁旺の三男、濤基だった。どうやら戻ってきた漸戯を待ち構えていたらしい。

「これはこれは濤基様。何か御用でございますか」

「我が兄洪全《こうぜん》の具合が少しも良くならない。そなたは彭家の薬師なのだろう」

対外的には薬師ということにしているらしい。濤基は父親の裏の顔を知らないということだろうか。それとも皮肉なのか。

「呪《のろ》いにはどんな薬も効きません」

「兄上は呪われていると申すか。父上が術師に呪術除《じゅじゅつよ》けを張り巡らさせたはずだ」

漸戯は鼻で笑った。

「手遅れだったのではないかと思います。それに敵は思いの外大物なのかもしれません」

「たとえば？」

「そうですね、黒翼仙とか」

那俞は目を見開いた。白翼仙《はくよくせん》は天下《てんげ》四国《しこく》合わせれば、それなりの数はいた。だが、黒翼仙となると事情は違う。那俞ですら見たことがある黒翼仙はただ一人。守護する国以外はあまり関心を持たないのが天令だ。

（……まさか）

そう思ったものの、それはないと考え直した。庚《こう》を滅ぼし、徐が再興してからまだ三ヵ月。しかも裏雲《りうん》は漸戯と同じ暗魅の毒で庚王を殺したのだ。安全に呪術除けが突破できるなら暗魅を使わずともよかったはず。

無論、意外に小心者だった庚王のほうが徹底した呪術除けをしていた。そうなると術を返される恐れもある。毒と違い、そこが呪詛《じゅそ》の恐ろしさだ。裏雲は自分が得意とした技で確実にゆっくりと殺す方法を選んだのだ。

（他に黒翼仙がいるのか）

力を得るために白翼仙を殺す悪党だ。人を呪い殺すのになにほどの抵抗もないだろう。

「そんなものがいるのか」

濤基が首を傾《かし》げた。

「いますよ。庚では後宮で役職についていました。彼とはいい友達です」

これは裏雲のことだ。嘘《うそ》か真《まこと》か友達とまで言い切るとは——那兪は驚いた。

「後宮に？　信じられぬ」

「信じなくてけっこう。ただ、この国に黒翼仙がいるかは知りませんね。去年亡くなった摂政夫人は病死となっていますが、私の見立てではあれも呪詛です」

「薬師にしては詳しすぎるのではないかな」

ある程度正体を知った上で話しかけているようだった。そう思うとこのやりとりも互いに腹に一物あってのことに見える。

「好奇心が旺盛《おうせい》でして。たとえば王女の亀が何故《なぜ》死んだのかも興味があります」

「それは私も気にかかっている。だが、亀は人ではない。そなたも気にするでないぞ」

濤基はその場を立ち去った。

肩をすくめ、漸戯も小屋に入る。ここで寝泊まりもしているらしく、奥に寝台があった。中は乱雑だったが、そこらじゅうに得体のしれないものが干されている。漸戯はその一つを取り、すり鉢で潰《つぶ》し始めた。毒作りの作業に入ってしまえば、会話を聞くこともない。仕方なく、那兪は小屋を出て屋敷に入った。

摂政を探そうかと思ったが、呪われている長男とやらを見ておくことにした。毒はわからないが、呪いなら感じるのではないかと思う。あれは人の念だからだ。

回廊で繋《つな》がる奥の棟が長男一家の住まいのようだった。

「お父様の病室に飾ってあげるの。お母様も手伝って」

「……そうね」

庭で花を摘んでいる母と娘がいた。彭洪全の家族らしい。妻にもやつれが見える。

窓から部屋に入ると寝台に男が横たわっていた。一見すると静かに眠っているようだった。将軍職だったというから元は屈強な男だったと思うが、すっかり痩《や》せている。

（これは……強い呪いだ）

呪者が死なない限り術は消せない。あとから施した呪術除けではどうにもならない。

最初の胤は毒で殺され、次の胤は転落死。摂政の正夫人と長男は呪術。これは手を下した者がそれぞれ違うということだろうか。それとも疑惑を持たれないためにあえて別の手段を用いているのか。

那俞は人の世のおぞましさに嘆息した。

暗くなってきたので、那斎は一旦《いったん》王宮に戻った。部屋では飛牙が湯浴《ゆあ》みの支度をしていた。どうやら今夜も王女の下《もと》へ渡るらしい。

頭の上でまとめた髪をばさりと解《ほど》いた。

「すっきりした。引っ詰められていると頭が痛くなる」

頭を振って、こちらを見た。

「偵察ご苦労さん」

「また街で夜遊びか。気楽なものだな」

「姫さん次第かな。もしかしたら今夜は子作りかも」

軽口を叩《たた》きながら襟元を緩めた。

「あ、そのときは虫になって覗《のぞ》くんじゃねえぞ」

「たかが人の繁殖行動であろう。私は気にしない」

「俺は気にするんだよ」

人とは妙なことを気にするものだ。

「そもそも子作りはするな。面倒なことになる」

「だったら街で夜遊びでいいじゃねえか。それより何かわかったか？」

「摂政の長男は呪術で死にかけている。これは間違いない。そして摂政お抱えの暗殺者で毒薬作りの漸戯なる者、庚の後宮にいた黒翼仙とは友達だそうだ」

飛牙は瞠目《どうもく》した。

「なんだと」

漸戯が言ったことを一言一句違《たが》えず、教えてやった。

「暗魅の毒を操る者同士知り合いでも不思議ではない。漸戯は徐にまで毒の材料を集めに行っていたようだからな」

「そいつに訊《き》けば何かわかるかもしれないな。黒翼仙を助ける方法とまではいかなくとも、裏雲の行き先とか。会えねえかな」

那兪は大いに呆《あき》れた。

「そなたこそ自由に生きればいいだろう。黒い翼の友人やこの国の王女のことなどに振り回されず」

「充分自由だよ。全部俺の意思だ。おまえのことも――」

部屋の向こう側から扉が叩かれた。言いかけてやめる。

「胤殿、湯浴みの用意ができました。よろしいでしょうか」

栄関の声がした。

「おう、今行く――あ、あんまり俺のそばをウロチョロしてるのを見られるなよ」

「それなら、そこに隠れていよう」

那兪は蝶に変わると飛牙の着物の袖《そで》の中に入り込んだ。

「いいけど、風呂《ふろ》についてくるのか」

——風呂というのはもっとも襲われやすい場所だ。無防備だからな。

「守ってくれる気なんだ」

——そなたに死なれると天令としての役目を失う。

飛牙は地上の拠《よ》り所《どころ》だった。おのれを見失えば厄災そのものになる。那兪にはなによりそれが恐ろしかった。


襲われることなく湯浴みを終え、夜も更けた頃。磨き上げられた飛牙は名跡姫《みょうせきひめ》が待つ寝室へと向かっていた。渡りには必ず栄関が付いてくる。

「今宵《こよい》も月が輝いております」

回廊の途中で立ち止まり、栄関は夜空を見上げた。満月ではないが、良い月夜だった。

「そうだな」

「殿下はこういう夜を選んで招いておられるのでしょうか」

栄関に意図はないだろうが、那兪は少しばかり焦った。実際、そのとおりだったからだ。王宮を抜け出し街に出るには月明かりのある晴れた夜でなければならない。今夜は四度目の渡りだが、過去三度はすべて王女の大脱走であった。元々女慣れしている奴ではあるが、甜湘とは本当に気が合うらしく、話も弾んでいた。振り回されるのを楽しんでいるようなところもある。なんといっても似たような身の上だ。一緒に小冒険をしていれば、互いに情も湧くだろう。那俞としてはそこが心配だった。

「覚えておけ。月夜は女を素直にするものだ」

飛牙がしれっと答えた。誤魔化すためとはいえ、よくもこんな恥ずかしい台詞《せりふ》が吐けるものだと感心する。那俞は飛牙の袖の中で呆れていた。

「さすが胤殿でございます」

声に熱を感じる。栄関にとっては憧《あこが》れの男であるかのようだった。

「それでは私はここで下がります」

「官吏は大変だよな。ゆっくり休みな」

愛想良く別れ、飛牙は甜湘の部屋に向かう。

――月夜に振り回されている男が何を言っているのやら。

「いちいち突っ込むな。俺だってけっこう恥ずかしいんだぞ」

――そうか、まともな感性があってよかった。

扉の前にある鐘を鳴らしたが、なかなか返事がない。いつもなら侍女が応対するのだが。もう一度鳴らすとようやく扉が開いた。

「飛牙、来てくれたか」

侍女ではなく、甜湘が応対した。

「まずは入ってくれ」

飛牙は中に入った。

「実はな、先ほどより英寧《えいねい》の具合が悪い。かなり熱が高いのだ。医者を呼ぼうとしたのだが、仕事中に倒れたとあっては辞めさせられてしまうと言って嫌がっている。英寧は倒れた父親に代わって家族を養っているから仕事を失うのが怖いのだ。私が家出してしまったときも辞めさせられそうになったからな」

隣室で眠る英寧を気遣ってか、甜湘は声を潜めた。

「風邪か？」

「だと思うが、私も怖い。近しい人を失うのではないかと思うと、不安でたまらないのだ。今夜は、英寧を看病していようと思う。だから城を抜け出せない。だが、飛牙を帰せば濤基が気を回して、代わりの胤の話を出しかねない。だから、今夜は寝室で一人で寝てくれるか」

王女が侍女の看病とは。やはりこの娘は変わっている。袖の中で話を聞きながら、那兪はつくづくと思った。

「ああ、ついててやりな。なら俺一人で街に出てもいいか？」

「……帰ってくるか？」

王女は不安そうな声で問い返す。

「まだ上げ膳《ぜん》据え膳を楽しみたいからな」

絶好の機会だが、逃げ出す気はないのだろう。袖の中なので見えないが、肩ぐらい抱いたのではないだろうか。

甜湘王女の寝室の窓を開け、外を確認した。一人の見張りが通り過ぎればしばらくは同じ所を通らない。

――今夜は外へ出て何をする？

甜湘は侍女の部屋にいるので那俞は袖から出て、肩の上に留まった。

「決まってるだろ。摂政の屋敷に忍び込んで漸戯という男と話すんだよ」

――馬鹿な真似《まね》を。漸戯は摂政お抱えの毒師だぞ。

「危険なことをするなら甜湘がいないときのほうがいいだろ。そいつには裏雲のこと、最初の胤の毒殺、この二つはきっちり訊かなきゃいけねえ。たとえ殺し合いになっても遠慮もいらない相手だ」

甜湘の寝台の下からごそごそと着替えを取り出す。その中には曲刀もあった。前回、抜け出したとき、買い求めておいたものだ。姫の部屋なら誰も検《あらた》めることはできない。

——見張りが通り過ぎた。

「よし、行くとするか」

上等の寝間着を脱ぎ捨て、ねずみ色の着物に着替えた飛牙が窓枠に足をかける。脱走劇の目撃者は今夜も月だけだった。

城壁に登り下におりようとしたとき、物音がした。人影が見える。兵ではなかった。

——彭濤基だ。

こちらの気配に気付いたのか、濤基は辺りを見回していた。夜の散歩とはこの男も意外に酔狂なところがあるらしい。

飛牙は音をたてないように緊張して動きを止めていた。このままだと城壁の外を見張る兵に見つかりかねない。

——先に行け。私が奴の注意をそらす。

那兪は羽ばたくと、濤基の顔の周りを飛び回った。

「なんだ……蛾《が》か」

濤基は払いのけようと手を振り回す。

「くっ、しつこい虫だな」

天令に向かって蛾だの虫だの。蹴飛《けと》ばしてやりたくなるが、鬱陶《うっとう》しい夏の夜の虫を演じきる。

その隙《すき》に、飛牙は軽々と城壁を降りていった。

三

無事に城下に入り、飛牙は汗を拭《ぬぐ》った。

那俞はすぐに合流するだろう。まさかあんなところに彭濤基がいるとは思わなかった。

「摂政の屋敷は向こうか」

王都は広い。移動に時間をとられているとすぐに朝になってしまう。飛牙は夜の街を走り抜けた。

三十前後で痩せ形、独特の雰囲気と目つきが印象に残る男。かすかに甘い匂《にお》いがしたが、毒の移り香だったかもしれない。何本かの爪《つめ》が紫に変色している。那俞から聞いた漸戯の特徴はそんなところだ。

途中、美暁《びぎょう》の働く店の前を通ったが、今日は閉まっていた。

建物が密集している王都だが、摂政の屋敷の周りだけは緑が広がっている。周辺も摂政の土地なのだろう。

(事実上の王とはよく言ったものだ)

小高い丘の上にそびえる屋敷を見上げてつくづくと思った。王宮のように屋敷の周りをぐるりと壁が囲んでいる。また乗り越える必要がありそうだ。

(北側の小屋だったな)

林の中に入って回り込む。

ふと自分のものではない足音が聞こえてきて、飛牙は急いで木陰に身を隠した。息を潜め、様子を窺《うかが》う。

二人の人間が走っている。木々の中は月明かりだけでは暗いが、人影がこちらに向かってくるのがわかった。そのあとに黒い影が続く。どうやら追う者と追われる者らしい。

(なんだってこんなところで……騒ぎを起こされたら屋敷に入れねえだろうが)

舌打ちしたい気分だった。が、追われている男が飛牙の目の前で転ぶと、瞠目した。

(秀成《しゅうせい》?)

食事以外には家から出ない臆病者《おくびょうもの》の地仙《ちせん》くずれが何故こんなところにいるのか。しかし、誰に追われているのか額や腕から血を流していた。

追いかけてきた追っ手が背後から剣を振り上げ襲いかかる。秀成は腰を抜かしたまま声にならない悲鳴をあげていた。

くそっ――放っておくわけにもいかない。飛牙は覚悟を決め木陰から飛び出すと、暗殺者の剣を曲刀で受け止めた。薄闇《うすやみ》に火花が散る。

「物騒だな、剣を引きな」

飛牙は敵に撤退を呼びかける。

黒ずくめのうえ、頭巾《ずきん》で顔を隠しているが、暗殺者としては華奢《きゃしゃ》に見えた。少年か、あるいは女ではないのか。突然の乱入者に暗殺者も戸惑っているように見えた。

「……仕方ない」

そう呟《つぶや》いた声はくぐもっていたが、女のように思えた。暗殺者が剣を構え、飛牙に向かって斬《き》りかかってきた。

金属音を鳴り響かせ、剣が交わる。剣には殺気が漲《みなぎ》っていた。邪魔者もろとも始末することに決めたらしい。

「俺は女でも斬るからな」

女の剣を押し返すと、飛牙は曲刀を突きつけた。

実際のところ、女を斬りたくなかった。できれば捕まえたいところだが、手加減できる相手ではない。かなりの腕だ。

「なんでこいつを狙《ねら》う？」

女は返事をしなかった。秀成があれだけ怯《おび》えていたのは、命を狙われていたからなのだろう。

じりっと間合いをとる。向こうは引く気はなさそうだ。当然こちらも引くわけにはいかない。秀成は木の陰に隠れ、丸めた体を震わせていた。せめて逃げてくれればいいのだが、それもできずにいる。

秀成に気をとられた一瞬、女の剣が横に薙《な》ぎ、腹を裂かれそうになった。すんでのところで飛び退《との》いたが、着物が切れた。その隙に女が秀成を襲う。

「すまねえな」

飛牙は秀成の前に立ちはだかると、女が剣を振り下ろすより早く、下から上へ曲刀を振り上げた。女の剣を弾《はじ》く形でその体を斬り裂く。

「……！」

血飛沫《しぶき》を上げ、弾かれたように女の体は反り返って宙に浮く。頭巾がはずれ、その顔が月明かりにさらけ出された。

「美暁っ！」

どさりと落ちてきた女の体を抱きかかえた。

青みを帯びた目は見開かれ、ぴくりとも動かなかった。飛牙は確実に暗殺者を仕留めていたのだ。

「……美暁？」

秀成が四つん這《ば》いのまま、亡骸《なきがら》に近づいてきた。若くて陽気だった女はもう二度と笑わない。見るに忍びなく、飛牙は死に顔に頭巾をかけてやった。

「どういうことだ。なんで美暁がおまえを殺そうとした？」

「そうか……美暁が」

秀成の顔が泣き笑いで歪《ゆが》む。正気を手放そうとしているように見えて、飛牙はぱんと頬を張った。

「しっかりしろ。兵が来るかもしれねえ、急いでここを離れるぞ」

秀成を立ち上がらせ、その手を摑《つか》むと、美暁の亡骸を残して木々の間を走り抜ける。

実際、騒ぎを聞きつけ摂政の屋敷から人が出てきたようだ。事情がなんであれ、人殺しは人殺し。捕まるわけにはいかない。

半分腰が抜けているような男を引きずって逃げるのは容易ではなかった。

摂政の邸宅から離れ、人の住んでいない崩れかけた家屋に入った。鍵《かぎ》がかかっていたが、そんなものは蹴破ればいい。

「大丈夫か」

秀成を床に座らせた。

「君は出ていけ……一緒にいると危険だ」

飛牙は辛うじてそう答えた男の胸ぐらを摑んだ。

「ふざけんなよ。全部話せ。俺はおまえを助けるために美暁を殺したんだぞ。何がどうなっているのか説明しろ」

こいつが悪くて美暁に非がなかったら取り返しがつかない。

「……助けなくても良かった。どうせ私は死ぬ」

「這いつくばって逃げ回ってたのは死にたくなかったからだろうが。さっさと吐け、死ぬ前に殺すぞ」

要領を得ない男に苛立《いらだ》ち、きゅっと首を絞めそうになる。

「美暁は私を監視してたんだろう。そうとも知らず心許して店に通っていたのだから滑稽《こっけい》だな、私は。そして命令は抹殺に変わった」

「何故おまえが狙われる？」

「閉じこもっていても最低限の金はいる。私は雇われ、人を呪った。一人は死に、一人は死にかけている」

「摂政の妻と息子か」

秀成は驚いて顔を上げた。

「知っているのか」

「依頼人は？」

秀成は首を振った。

「それは知らない。向こうは正体を明かさなかったから。だが、差し出した金額や身なりからしてそれなりの身分の男だっただろう。それに……呪術のためには標的の体の一部が必要になる。髪の毛一本でも血のついた手拭いでもいい。あの男はそれを手に入れられたということだ」

「おまえが口を割らないよう監視してたのが美暁だったというわけか」

監視が抹殺命令に変わったのは、怪しげな男女がこの男からいろいろ聞き出そうとしたためだろう。

「美暁が俺に紹介したのはおまえの口の堅さを試したかったのか？」

「今となってはそう考えるしかない」

秀成の口は充分堅かったが、常軌を逸した怯え方だった。あれを美暁が見て雇い主に報告したなら始末するしかないと考えるのもうなずけた。

「呪術の依頼を受ける前から閉じこもってたんだな。何故だ」

「……言えない」

「人を呪い殺した以上に言えないことってなんだよ。一つ残らず吐け。おまえの術力や知識は地仙くずれとは思えない。てめえ、何者だ」

飛牙の追及に、秀成は頭を振って震え始めた。

「言えない……これだけは」

「てめえっ」

刺客だったといえど、知っている女を殺したのだ。

頭に血が上っていた。もう一度絞め上げようと飛牙が思ったとき、戸口から淡い光を帯びた蝶が舞い込んできた。

――落ち着け。それは返り血か。

那兪に問われ、うなずく。

「それは……その虫は」

秀成は尻餅《しりもち》をついたまま後ずさった。

――この男は私の正体に気付いたようだ。他にそれができたのは、そなたの友人だけ。つまり、この男は。

飛牙は目を見開き、秀成に詰め寄った。

「黒翼仙か？」

秀成は今にも倒れそうな顔をしていた。

「天が殺しに来た……許してくれ、許してくれぇ」

秀成は飛牙ではなく、その後ろで舞う那兪を見つめ怖気《おぞけ》を震う。

「しっかりしろ。こいつは確かに天令だが、おまえを殺しに来たわけじゃねえ。なあ、黒翼仙なんだろ」

やっとの思いで肯《うなず》いた秀成は両手で顔を覆った。

「私は十年前、瀕死《ひんし》の白翼仙に出会った。彼は麓《ふもと》の村を襲った暗魅と戦ったあとだった。仕留めたものの、深手を負ったのだ。いかに翼仙《よくせん》といえど、もう助からないのは誰の目にも明らかだった。地仙だった私は彼の知識が失われることが耐えられなかった。どうせ死ぬ。なら楽にしてやれば彼にとっても幸いだ。いや、結局私は誘惑に負けたのだ……翼仙の知識と力を手にしてみたかった。私の思いに気付いたのだろう、彼の目はやめておけと警告してきた。それでも私は短刀で彼の首を切り裂いた」

告白する秀成の姿が裏雲に重なった。黒翼仙とはこんな形で誕生するものなのか。

秀成の背中に黒い翼が広がった。だが、その翼は折れ、羽はむしられたかのようだった。まるで瀕死の鴉《からす》だ。

「圧倒的な知識に酔いしれた。顔まで変わってしまっていたが、満足した。だが、それは最初だけだった。正確な日付は覚えてないが、そろそろだよ。もうじき天に殺される。もうこのとおり翼はボロボロだ。殺さずとも死ぬのに、何も知らず美暁は無駄死にした。私は高いところが怖くてほとんど飛んだことはなかったが、それでも翼の重みに押《お》し潰《つぶ》されそうだった。天に見つからないように隠れて生きてきた。人の多いほうが見つからないような気がして、王都に出てきた。そんなことはまったく意味がないのに、恐ろしくてそうせずにはいられなかった」

達観したかのような裏雲と違い、この男は最後の最後まで恐怖におののいていたのだ。白翼仙を殺すことで黒翼仙となり、その後どうなるかという知識まで得ていたのだから、その絶望と後悔はいかばかりか。

「愚かな」

那兪が人の姿に変わった。

「知識とは人を殺《あや》めて奪うものではない」

秀成はその言葉に泣いた。

「わかっている。だが、あのときは死にかけている白翼仙が、甘い匂いで誘う蜜《みつ》の泉にすら見えた。私などでは抗《あらが》えなかった」

「おまえはその知識で人を呪い殺したんだろ」

飛牙は吐き捨てた。だが、裏雲も結局そうだったのだ。その力で暗魅を使役して庚王を殺し、飢《き》骨《こつ》を都に呼び込んだ。それを責められなかった自分に秀成を詰《なじ》る資格はない。

「……私は力を試したかったのかもしれない」

「美暁の親玉は黒翼仙だと知ったうえで依頼してきたのか」

「知るわけがない。私は誰にも話したことはない。糊口《ここう》を凌《しの》ぐためにやったまじないの評判を聞いたようだ。両手いっぱいの金を渡され、目がくらんだ。こんな身の上でも生きていくには金がいる」

「なんであんな場所にいた。呼び出されたのか？」

秀成は首を横に振る。

「動けるうちに人のいない場所に行こうと思った。私は天の火に焼かれるらしいが、その火が燃え移ったら街の者に迷惑がかかる」

「……そうか」

この男は普通の人間だ。愚かで気が弱くて、それでも良心が残っている。黒い翼は秀成には重すぎたのだ。

「で、これからどうする」

「朝になったら王都を出る。もはやそれくらいしか」

秀成は翼を萎《しぼ》ませて笑った。

「飛牙、朝までに戻らねばならぬ。その血のついた着物を見られてはまずい」

銀髪の少年が忠告した。

「私は一人で大丈夫だ。帰ってくれ」

疲れ切った死にかけの黒翼仙がそう言った。残していくのは忍びないが、いたところで天の火に勝てるわけもない。

「……じゃあな」

飛牙は立ち上がった。体が重い。

秀成に背を向け、那兪と共に空き家を出ていこうとしたとき、凄《すさ》まじい悲鳴が聞こえてきた。

振り返ると秀成の翼が燃えていた。真っ赤な炎は背負わされた業火にも見える。

「秀成っ」

飛牙はとっさに近くにあった襤褸《ぼろ》切れで火を消そうとした。しかし、火は消えることなく燃え上がり、秀成の体まで包み込む。

「天だかなんだか知らねえが、やめろっ」

絶叫する秀成の体は明らかに焼かれている。だが、飛牙はまったく熱さを感じなかった。天の火は罪人だけを焼きつくすらしい。やがて天井を突き抜け、天まで届くかのような火柱となる。

「無駄だ、離れろ」

那兪が飛牙の手を引っ張る。それでも飛牙は火を消そうと秀成を抱きしめた。

「俺ごと殺してみろよっ」

天を仰ぎ叫んだ。

「そなたには関係ない。黒翼仙は天の火からは逃れられないのだ」

「黙ってなっ」

天の不文律などどうでもよかった。目の前で焼かれている男がいる。だから助ける。それ以外は御託に過ぎない。

飛牙の腕の中で、男は焼かれ灰になり、崩れ落ちていった。すべてを焼きつくし、炎は消える。

「……秀成」

飛牙の掌《てのひら》に一本だけ黒い羽が残った。その羽もかき消える。床に散らばった灰すらも消えてなくなっていた。火柱が突き破ったはずの天井も元のままだった。

「黒翼仙は生きた形跡すら残さず焼かれ消される」

那兪が吐息混じりに呟いた。知ってはいたが、今まであえて言わなかったのだろう。

「悧諒《りりよう》も……裏雲もこうやって死ぬのか」

どうあがいても助けられないということなのか。底知れぬ恐怖が胸に迫ってきた。

「急いで帰るぞ。今の炎と悲鳴で人が集まってくるかもしれない」

少年に手を引かれ、飛牙は外に出た。

月は西に沈もうとしていた。

四

昼を過ぎても、起き上がる気になれなかった。

寝台に横たわり、ぼんやりと天井を見ていた。目を閉じると天の火で焼かれた男の姿がまざまざと浮かび上がってくる。

「そなたが悪いわけではない」

那兪が慰めてくるぐらいだ、よほどひどい顔をしているのだろう。

「そういうことじゃねえ。自分の無力さなんてうんざりするほどわかってる。当の黒翼仙ですら救われる手段を知らないのに、誰か知っている奴がいるかもしれないなんて思うこと自体、愚かなんだろうな」

いくら探してもないものはない。そういうことなのではないか。

「前例がないことは誰も知らない。だが、それを知る最初の人間にそなたがなれないわけではない」

確かに、忌《い》み人である黒翼仙を助けようなんて酔狂な者はいなかっただろう。黒翼仙自身も「ない」という知識が邪魔をして、受け入れるしかないと考えていたのではないか。

「そなたは馬鹿なのだから馬鹿らしく突き進めばよいのだ」

「……文句は言うくせに」

「それは当たり前だ」

それもそうかと、飛牙は体を起こした。無謀なことをやっているのはわかりきっていたはずだ。

「で、昼前に出かけてなかったか？」

「街に出た。ゆうべの火柱が話題になっていたが、美暁という娘の死はどうやら隠されているようだな。呪術の依頼人はそれができる地位にあるということだ」

暗殺者の死を事件として公《おおやけ》にすれば藪蛇《やぶへび》になりかねない。そういうことなのだろう。

「それから摂政の屋敷に行っていた。あの男が死んだことで、彭洪全の呪いが解けた」

「摂政の長男か」

「彭洪全がどんな人間かは知らぬが、少なくとも幼い娘は泣いて喜んでいたぞ」

秀成が自らの命の時間切れを期待して、あえて弱い呪術をかけたと思いたかった。

扉の前でなにやら揉《も》めているような声が聞こえてきた。

「隠れてな」

那俞にそう言うと、飛牙は扉を開けた。

「何かあったのか」

廊下には甜湘と彭濤基がいた。

「うるさくしてすまぬ。そちに会いに来たら止められたのだ」

「王女が胤の部屋に通うことは禁じられておりますゆえ。こんな昼間からはしたないことでございます」

濤基は困り切った顔をしていた。

「口を慎め。友人として会いに来ただけだ、いかがわしい発想をするそちのほうがよほどはしたないであろうが」

ぴしゃりと言い返す。甜湘は一歩も引かなかった。

「だいたい、禁止とは誰が決めたのだ」

「いえ……慣例として」

「そのくだらない慣例をやめると誰か不利益を被るのか」

「……いえ」

「ならば今日より無効とする。よいな」

十八の小娘とは思えない、有無を言わせぬ迫力があった。確かに甜湘は生まれながらの女王だ。

「ん、俺はだらしないんで部屋が散らかっている。殿下、一緒に弓をやらないか。うまいんだろ、教えてくれ」

廊下の奥に栄関がいてこの様子を見守っていた。部下の前で恥をかかせても気の毒だ。今日のところは濤基の顔をたててやろうと思った。

「弓か……それは」

「天気もいいしさ、行こう」

「外では話がしにくい」

ならば、と飛牙は甜湘の肩を抱き耳元で囁《ささや》いた。

「こうやって内緒話も悪くないだろ」

濤基が慌てて、飛牙の袖を摑んだ。

「胤殿、無礼であるぞ」

「仲がいいってことさ。胤と仲が悪かったら困るんだろ」

「そういう問題では――」

その様子に今度は甜湘が止めに入った。

「よい。弓をしてくる。参るぞ、飛牙」

濤基を残し、王宮の裏にある矢場に向かった。

甜湘が放った矢が的のほぼ真ん中を貫いた。

「娘を産むためだけに夫でもない男を次々と迎えているというのに、今更胤の部屋に入ったからどうだというのだ。馬鹿馬鹿しい。この国は欺瞞だらけだ」

久しぶりとは思えないほどたいした腕前だが、それでも心は晴れないらしい。

「許してやりな。官吏ってのは辛いもんだ。それにあの男、甜湘殿下には並々ならぬ期待を持っているようだった」

「男は男に甘い」

確かに、そういうところもあるのかもしれない。飛牙も王宮で官吏の苦労を見てきたクチだ。

「腹がたつ。よりにもよってはしたないとは人をなんだと思っておるのだ。私は……」

「前の胤たちとは何もしてないんだろ」

甜湘は顔を赤くした。

「何故わかる？」

「そりゃなんとなく」

最初はさすがに胤が二人いて何もなかったとは思わなかったが、生娘《きむすめ》特有の頑《かたく》なさというのはかなり伝わってきた。

「二年半前、初めて胤を迎えた。まだそんな気にはなかなかなれなくて……そうしているうちに宗右《そうう》は死んだ。志譲《しじょう》もそうだ。意を決して床に呼んだが、志譲は来なかった。翌朝、窓の下で冷たくなって見つかった」

ぐっと唇を噛《か》みしめると、甜湘は弓をかまえ弦を引き絞った。矢が的を射貫く。

「いい腕だ」

「……志譲から手ほどきを受けた」

「良い師匠だったようだな」

「うむ。だが、志譲が死んでからはここに来たことはなかった」

それで弓と聞いて顔を曇らせたというわけか。

「ここは王族のためだけの矢場で、昔は兄たちがよく競い合っていた。交ざりたかったが、兄たちは私を嫌っていたのでそれも叶《かな》わなかった」

「名跡姫の兄ってのは微妙な立ち位置だもんな」

玉座につくのは妹。さすがに引っかかるものもあるだろう。

「こういう国だから、自分が王位につけないことは理解していたようだ。だが、兄たちは自分が男だったばかりに父を殺されたと思っていた。そのやりきれない思いをどこにもぶつけられなかったのだ」

「……そりゃ辛いな」

飛牙も弓を持って、甜湘の隣に立った。放った矢が中心を射貫く。

「そちもうまいものだな」

「生き残るためになんでもやったからな」

昨夜の顚末《てんまつ》は簡単に話してあった。絶句して美暁と秀成の死を悼《いた》んだ。甜湘にとって城下での知り合いはその二人しかいなかったのだ。肝心の胤殺しは未《いま》だ藪の中だった。

「そちの話がもっと聞きたい。子供の頃のこととか」

「そこらへんは話しにくいんだよなあ」

甜湘は首を傾げた。

「なにゆえ？」

「南異境で盗賊団と戦った話なんかどうだ」

「いいや、子供の頃の話がよい」

甜湘は人の悪い笑みを見せた。

「なんでだよ、つまんないぞ」

「何を隠しておるのか知りたい」

ついつい見つめ合ってしまった。

抱き寄せて口づけしたい衝動にかられたが、飛牙はぐっとこらえた。屋外だ、誰かに見られていないとも限らない。

名跡姫は胤との間に早く子を作るように迫られているというのに、親密になることはよくないと思われている。そんないびつに抑圧された王宮だ。さすがに人目のあるところで手を出すのは、甜湘の立場をも悪くしかねない。

（……それに那兪が見ている）

蝶になって矢場の隅に留まっていたはずだ。

雑念を振り切るように飛牙は矢を放った。

「子供の頃はいわゆる神童だよ。そりゃもう天令が祝福してくれそうなくらい」

「そうなのか」

「たちまち襤褸が出ちまったけどな」

「それは成長したというのではないのか。私も名跡姫として成長したい。いや、してみせる。見ていてくれないか」

まっすぐに見つめられ、飛牙は柄にもなく動揺していた。

女はカモ——だったはずなのだが、何事にも例外はある。自制心が機能しないこともある。相手は燕の名跡姫だとか生娘だとか、いろいろと戒めの言葉が頭をかすめるが、全部吹っ飛ぶ程度に、甜湘は美しかった。

お互いの顔が近づき、飛牙と甜湘は唇を重ねていた。

蝶は羽ばたいて何処《いずこ》かへと飛んでいった。

第六章　乱

一

胤《たね》として王宮に入ってから二月近くがたっていた。

そろそろ秋の風が吹こうとしている。寒くなる前に越《えつ》に入りたいと思っていた飛牙《ひが》としては焦りがないわけではない。南路とはいえ、山は雪が降り、旅には向かないからだ。

日中の暇潰《ひまつぶ》しに弓をやらせてもらっているが、高くなってきた青空を見るたびに焦りが出る。裏雲《りうん》の余命がわからないのだ、もしかしたらもう……。

（いや、必ず間に合う）

自分に言い聞かせた。

罪人だけを焼く冷たい業火は天の存在と力を見せつけてきた。祈っても届かない相手は信仰というにも遠すぎる。

放たれた矢がど真ん中を射貫く。いつもなら姜栄関《きょうえいかん》が拍手をしてくれるところだが、今日は顔を見せていなかった。

――徐《じょ》がどうなっているか知りたくないか。

肩の上の蝶《ちょう》が話しかけてきた。

「三日もいなかったと思ったら、そこか」

――どこかの誰かは王女と懇《ねんご》ろ。気を利かせてやらなきゃならない身にもなれ。

蝶がふんと鼻を鳴らした。

「そりゃ悪かったな。俺だって意外な展開に驚いてるんだからよ。それより、徐がどうなっているのか教えろよ」

――態度がでかいぞ。まあいい。そなたの弟は丞相《じょうしょう》とともに太府《たいふ》の半分以上を入れ替えた。庚《こう》王との関わりが深かった者は置いてはおけないからな。庚王が死んだ今となっては、抵抗する気力もなかったようだ。

「そりゃたいしたもんだ」

――割れた玉《ぎょく》は欠片《かけら》を剣に埋め込み、それぞれの郡に授けた。飢骨《きこつ》などにはかなりの効果があるので、力のある武人が使うだろう。

「武人の誉れになるということか」

悪くない。軍人には誇りがなにより大切だと思う。

——無論、飢骨が出ないことが一番ではある。

「そのくらいは考えているさ。聞老師《ぶんろうし》がついてる」

王がすべてを考え、決定し、仕切る。それは万能の王が何代も続かない限り無理な話だ。結局は官吏や太府たちと国を運営していくしかない。亘覧《こうけん》ならその基盤を改めて構築できると信じている。

——どこの国もガタがきているが、天が認めた四つの国には、末永く続いてほしいものだな。

「それは干渉にならないのか」

——単なる希望だ。

この天令《てんれい》様にも人間臭い詭弁《きべん》が身についてきた。

「今は天下《てんげ》四《し》国《こく》のテコ入れの時期だってことか」

——そんな時期にそなたが四国を旅して回るのは、意味があることだと思うようになったのかもしれない。

「何の意味だよ。俺は裏雲からあの黒い翼を引っぺがしたいだけだぞ」

——そなたの目的はそれでいい。

思わせぶりなことを言い、那兪《なゆ》は飛び立った。

――王宮を回ってくる。なにやら騒がしい。

飛び去っていく那俞を見送り、飛牙は弓をかまえた。

矢を放った瞬間、飛牙の横を何かがかすめた。それは背後から飛んできた別の矢だった。はっとして振り返ると回廊に走り去っていく人影が見えた。

「逃がすかっ」

弓矢を置いて飛牙は駆け出した。

間違いなく命を狙《ねら》われたのだ。寿白《じゅはく》だからではなく、胤だから。これで二人目の胤も事故死でも自殺でもないのがわかった。

この王宮に胤を殺したい者がいる。

追いかけたものの、回廊は王宮の執務棟に繋《つな》がっていた。多くの官吏たちが忙しく動き回っている。

「……くそ」

飛牙は諦《あきら》めるしかなかった。

「胤殿ではありませんか。どうなさいました」

廊下で息を弾ませている飛牙に気付き、栄関が駆け寄ってきた。

「おまえさんこそどうした。いつもなら俺にくっついているのに」

「すみません、何か御用がありましたか。今日はこれから王宮にて大事な会議がありまして、人手が足りず駆り出されました」

「会議ってことはいろんな奴《やつ》が集まっているのか」

「はい、摂政様も有為《うい》様もおいでです。なにしろ……」

栄関は急に声を潜めた。

「何《か》州で大規模な反乱軍が組織されたのです。首謀者は何州太府の子息だという話もあって……すでに王都に向かっているとのことで大騒ぎになっています」

「そりゃまずいな」

そうやって徐は滅んだ。三百年続いた国が消え去るなど想像もできないことだった。だが、国とは意外にあっけなく滅びるものなのだ。まして反乱軍の大将が太府の一族となれば、何州全軍との争いとなることは必至。

「このままだとあと十五日もすれば王都に入るとかで、本日緊急会議が招集されたのです。軍だけの問題ではありませんので」

そんな大変なときにどさくさにまぎれて胤を殺そうとしたわけか。国の一大事より胤殺しのほうが優先されたらしい。

(どんなすごい理由があるんだ？)

皆目見当もつかなかった。

「あ、有為様」

栄関の声が上ずった。廊下の向こうから黒い上下の着物を身につけた男がやってきた。摂政の次男、彭《ほう》有為らしい。飛牙がこの男を見るのは初めてだ。

「そちらは？」

有為は飛牙に注目していた。見慣れぬ顔だったからかもしれない。

「はい、胤殿でございます」

「ほう、お噂《うわさ》はかねがね」

「どんな噂かな」

「殿下が直々に街で選んだお方と聞いておる。蝶に懐かれ、鳥すらその言葉に耳を傾ける徳を持つ。さらに体には傷跡が多く、百戦錬磨の戦士ではないかと栄関が熱心に教えてくれたよ」

栄関が顔を赤くした。

「そんなたいしたものじゃない」

否定しておいた。あまりこういった情報が流れるのは望ましくない。

「でも、弓の腕前は素晴らしいです。有為様に勝るとも劣らぬほどなんです」

いつもより栄関の口調が熱い。

「それは一度お手合わせ願いたいものだ」

「そうだな。だが、まずは内乱を食い止めるのが先なんだろ」

「止めたいところだ。戦《いくさ》は金がかかる。戦後の後始末に至ってはもう。せっかく組んだ予算も台無しだ。まったく頭が痛い。それでは失礼する」

財務官吏らしい嘆きを漏らすと立ち去った。

（……弓をやるのか）

飛牙は考え込んだ。呪《のろ》われた摂政の家族と、殺された二人の胤。頭の中に一つの仮説が浮かぶ。

案外一連の事件は、ごく単純な動機なのかもしれない。

二

那兪は王宮を俯瞰《ふかん》する。

何《か》州の反乱ということで王宮は上を下への騒ぎとなっていた。摂政が首謀者の暗殺に躍起になり未然に防いでいたようだが、結局のところ完全ではなかったということだ。当然だろう、暗殺が続けば誰でも細心の注意を払う。乱を抑えるのは暗殺でも刑罰でもなく善政に他ならない。すべての人間を見張ることなどできやしないのだから。

彭濤基《とうき》が小走りで執務室から出てきた。急なことに準備が間に合わないのだろう、王宮官吏は皆走っていた。

「濤基、お疲れのようですね」

声をかけたのは妹姫の昭香《しょうこう》であった。

「これは昭香様。はい、今日はもう目の回るような忙しさです」

「お手伝いできればよいのですが」

「これは官吏の仕事ですゆえ」

「母も会議には参加するのでしょう」

「はい。女王陛下はもちろん、甜湘《てんしょう》殿下も出席なされます」

「姉様も？」

「はい、たってのお望みでしたので。席をご用意しました」

「姉様が邪魔をしなければよいのですけど」

「甜湘殿下は名跡姫《みょうせきひめ》としてご立派でございます。国家の存亡がかかっていることをご存じなのです」

濤基はきっぱりと言った。そこには確かな敬愛の念を感じた。

「でも濤基には意地悪だわ。言うことを聞かないし」

女心に疎い天令にも、なんとなくこの姫の心情は理解できた。

「確かにもう少し意見を聞いていただければとは思いますが、殿下は真の王道を行かれるお方。こたびの反乱を抑え、始祖王灰歌《はいか》の再来と呼ばれることでしょう」

この男はこれほど甜湘を評価していたのかと驚く。

「でも――」

「昭香様、急ぎますゆえ、これにて」

「あ、ごめんなさいね」

昭香は、はっとして一歩引いた。

これから会議だろう。那俞はついていくことにした。


総勢五十名ほどいるだろうか。一大事だけあって論戦は白熱した。天令はそれを壁に飾られた額縁の上で見学する。誰も蝶の存在など気にかけない。

黒っぽい着物を着たしかめっ面《つら》の男たちの中に女王梨芳《りほう》と甜湘が彩りを添えている。きりりとした眼差《まなざ》しで王女は資料に目を通していた。

「これより直轄領全軍で迎え撃ちます。逆賊を王都には一人もいれません。宇端峡谷《うたん》で待ち伏せをして、両側から弓兵で――」

「待たれよ、彗《すい》将軍。敵が宇端峡谷を通るという保証はなにもない。そこに全軍を持っていくなど危険すぎる」

重臣の一人、張瑞丹《ちょうずいたん》が急いで反論した。急なことだけに、軍のほうも未《いま》だ策が決まっていないようだった。

「早馬を出し、探らせております。もうしばらくお待ちを」

「長期戦に備え、まずは武具と兵糧を確保せよ。守りを固めるべきだ」

「いや、一日で叩《たた》き潰《つぶ》すべきです。逆賊に力の差を思い知らさねばなりません」

「敵の数をわかっておるのか。何州《かしゅう》が他の州と結託しているということはないのか」

「最高責任者たる岳《がく》大将軍は何故《なぜ》いない」

「それが、腰を痛め動けない有り様でして」

「何故引退させておかなかった。岳大将軍は八十にもなろうというお歳《とし》ではないか」

皆、唾《つば》を吐きわめきちらしていた。

なるほどこの国は暗殺によって内乱を未然に防ぎすぎた結果、鎮圧の仕方を忘れてしまっているようだ。混乱が先に立ち、統率者がいない。この調子では兵の士気や技量も低いのではないか。

（……下手をすれば滅びる）

これほどの大事なら、天から天令が遣わされているのではあるまいか。無論、干渉はしないだろうが。

探せば会えるかもしれない。会えれば天に訴えを届けてもらえるかもしれない。ついそんな期待をしてしまう。

女王の隣にいた甜湘がすっくと立ち上がった。

「作戦は持ち帰り、全将軍と軍師を集めて明日《あす》中に決めよ。それより敵の大将と連絡をとることは可能か」

「殿下、何を考えていらっしゃるのですか」

「決まっておろう。敵も我らもこの国の同胞だ。血を流さずすめばそれが一番であろうが。私が書状を書く。まずは話し合いに引きずり出すのだ」

摂政彭仁旺《じんおう》が飛び上がった。

「こちらから和議を申し入れるなど、あってはなりません。女王の尊厳を傷つけるものです」

「控えよ。母上は何よりも民の命を大切にしておいでだ。誇りなど二の次だ」

強面《こわもて》の摂政相手に、甜湘は一歩も引かなかった。

「戦は穢《けが》れでござる。天官であらせられる名跡姫が関わってはなりませぬ。本来このような軍議に王女が参加するなど前例もなく――」

「寝言を申すな。始祖王灰歌は、戦いが避けられないと覚悟したときは悠長に祈りなどせず、全軍を率いた。天官である前に戦士であったのだ。もし戦いが避けられぬなら私も剣をとり兵を率いる。だが、その前に戦とならぬよう努めるのが王だ。私は名跡姫として現実を学ばねばならぬ」

凛々《りり》しく言い切る甜湘の姿に多くの者が感嘆していた。見たこともない灰歌の姿が重なったのかもしれない。濤基などうっとりしているようにも見える。

「なるほど摂政殿は暗殺者を差し向けることで謀反《むほん》を水際で食い止めていたかもしれん。だが、それが失敗したからこういう事態になっているのだ。おそらく、何州《かしゅう》は反乱首謀者の影武者を用意していたのであろう。まんまとそれに騙《だま》されたそなたに国の大事を任せることなどできようか」

甜湘はとどめを刺した。

「な……ならば書状は私が書きまする。摂政の務め」

彭仁旺は往生際の悪さを見せる。

「控えよ、そなたの出る幕はないと言っているのだ」

睨《にら》み合《あ》う甜湘と摂政を宥《なだ》めるように女王が片手を上げた。

「私が書きます。それでよろしいですね」

女王にそう言われては摂政も甜湘も引くしかなかった。というより、女王と王女は摂政を抑えるために、ある程度打ち合わせをしてきたのかもしれない。

「それがしは反対です。ここで和平など結んで向こうの言い分を呑《の》めば国は立ち行かなくなります。敵は殺しつくさねばなりません」

彗将軍は戦いたくてうずうずしているようにも見えた。長年警備や野盗相手の戦しかしていなかったのだ。腕が鳴る者もいるだろう。しかも言っていることはあながち間違っていない。

「諸侯は我らにつくのか」

女王は摂政に問いかけた。

「それはおそらく……いえ、必ずや」

彭仁旺の額に脂汗が滲《にじ》む。

「自信がないようですね。そうでありましょう。我が息子二人を養子に出した万《ばん》州や尹《いん》州ですら、要請したところですぐに援軍を送るとは思えません。私は息子たちの父を見殺しにしたのですから」

思い出すことがあるのか、女王は目を閉じた。

「心情的なものは判断がしにくいのでなんとも申せませんが、諸侯は理由をつけて様子見ではありませぬかな。私がどこぞの太府でもそうします」

張瑞丹が意見した。重臣は他にもいるが、常識的な発言をする老人だ。

「諸侯など頼らずとも我が軍が蹴《け》散《ち》らしてみせまする」

彗将軍は尚《なお》も敵の殲《せん》滅《めつ》を主張した。

「戦は田畑を荒らし、飢餓を生みます。勝敗にかかわらず経済的な損失は計り知れず、回避の道を探るべきだと考えます。勝ったところで飢饉《ききん》に苦しむ何州《か》から賠償金など取れません。今の我が国は税収が一割減っただけで国庫が破綻《はたん》します。そうなればまず軍費を半減させるところから始めなければなりません。そのうえ王都直轄領は手負い。そこに新たな反乱でも起きれば間違いなく滅びます」

淡々と意見を述べたのは彭有為だった。感傷に囚《とら》われることなく、現実を伝える姿勢はある意味見事だった。摂政は啞然《あぜん》として息子を見ていた。有為の発言は予期せぬものだったようだ。

「何を申す、有為」

「摂政閣下、首謀者を毒殺し反乱の芽を潰すというやり方は結局失敗したのです。かえって憎悪を生むことになった。以後は女王陛下にお任せすべきです」

この場にいた者たちは目を丸くしていた。彭親子が決裂したところを目の当《ま》たりにしたのだ。摂政による反逆者の暗殺に関しては口にこそ出さずとも皆察してはいたらしい。

「母上、何軍の真の目的は、王位の簒奪《さんだつ》ではありません。飢えて死にたくないという血を吐くがごとき叫びです。彼らをそこまで追い詰めたのは王政でもあります。必ずや和議に持ち込めます」

甜湘は身を乗り出した。

「時間が惜しい。軍は迎え撃つ準備だけは怠りなきよう。諜報《ちょうほう》もぬかりなく。王宮官吏は万が一の籠城《ろうじょう》戦に備えよ。各部署連携を密にして――」

この日、女王はよくまとめた。おそらく武官や官吏らの摂政への不信が背景にあったため、女王を後押しする雰囲気が出来上がっていたのだろう。甜湘が参加したことで王が良《い》い意味で二人になったかのような力強さをも与えた。

女王を押さえ、実際に統治していたのは摂政だ。こんなときこそ、その指導力を見せつけなければならないのに、徹底抗戦か和議か、この事態に大いに迷いを見せている。見限られるのも当然だった。

那兪は飛び立つと部屋を出た。

反乱軍の様子を見ておこうかとも思ったがやめておいた。うっかり飛牙に話してしまえば、また介入するはめになりかねない。なにより燕には燕の守護天令がいる。

このどさくさならいくらでも逃げられそうだが、飛牙は胤殺しの謎《なぞ》をそのままにして去ることはないだろう。

那兪は飛牙の部屋に戻った。

飛牙は上半身裸になって着替えていた。

「戻ってきたか、ちょうどいい」

那兪を見るとそう言った。

——そんなに汗をかいたのか。

「違う。これから脱走するんだよ。今日なら日中逃げてもばれないだろ」

それで官吏に見えそうな地味な着物に着替えていたのか。

——どうせ、戻ってくるつもりなのだろう。

「まあな。この間は摂政の屋敷《やしき》に潜り込めず毒男に会えなかったが、今日こそは」

——よいのか。燕《えん》は今存亡の危機にあるぞ。そなたの姫はたいしたものだった。

飛牙は口元を緩めた。

「軍議に参加したんだろ。機会があったら無理にでも加わって舌鋒《ぜっぽう》鋭く発言してみろって言ってたんだよ。自分の存在感や指導力を官吏や武官にも叩き込んでおくんだってな。摂政が何を言おうが、周りが甜湘を認めれば外堀は埋められるんだ」

——なるほど。そなたの入れ知恵か。

「何が攻めてこようが、この国のことはこの国の人間がなんとかすりゃあいいんだよ。俺が内戦なんかに関わったらそれこそ外交問題だ」

——私としても徐国以上に燕のことは不干渉を貫きたい。幸いなことにやっと意見の一致を見たようだな。

「あとは胤殺しの犯人だけだ。俺もさっき殺されかかってさ」

ずいぶんと軽い調子で言う。

――なんだと、何者だ？

「逃げられて顔は見てない」

――尚更《なおさら》急いだほうがよさそうだな。

「そういうこと。よしっ、行くか」

この日、飛牙は正門から堂々と出ていった。入り込むのは厳しいが、出るのは比較的簡単なのだ。

街に出ると、飛牙は葛巾《かつきん》を外し襟元を緩めた。那俞も人の形に姿を変える。

「久々の街の青空。解放感が違うな」

「夜までに戻るのだろう、急げ」

のんき者の尻《しり》を叩く。

「で、軍議はどんなだった？　役者の台詞《せりふ》や表情も合わせて聞かせてくれよ」

軍議での詳しいやりとりを飛牙に教えてやりながら摂政の屋敷へと向かったが、街はざわついていた。どうやら反乱軍が攻めてくるという話が漏れているらしい。非常時に備え買いだめする者も現れている。

「あと十五日と見ているのか。燕はすべての州が王都直轄領と隣接している。つまり、他の州軍の抵抗にあうこともなく、ここまで来られるんだ。　動きは早いかもしれないな」

飛牙は冷静に分析していた。

「砂漠化が進んでいる何州《かしゅう》はこの国でももっとも飢饉に苦しんでいる土地であろう。だが、国からの救援もなく、生きるか死ぬかまで追い詰められた。徐が倒されたときと違って、頭目が女王を殺してその地位につこうと考えているわけではないと聞く。ただ、戦となれば結局徐が滅んだときと同じ流れにならないとも限らない」

「一番いいのは摂政の彭仁旺に責任を取らせることさ。奴が今恐れているのはそこだろう。できれば反乱軍を完膚なきまで叩き潰したいが、話を聞く限り奴の息子もそれには反対している。彭一族は一枚岩ではないということだ」

長男は呪いが解けたとはいえ、長く寝たきりでいた体が元に戻るには時間がかかる。次男が父親と距離を置いたのなら、彭仁旺の時代は確実に終わろうとしているのだ。

「徐はあんなことになっちまったが、燕は血を流す前に解決できる」

「そうだな――あれは」

那兪は向こうからやってくる男に驚いた。

「漸戯《ざんぎ》だ」

「あいつか。忍び込む手間がはぶけた。話を聞かせてもらおうじゃないか」

袖《そで》をまくり上げ、とっ捕まえる準備をしていた飛牙だったが、思いがけないことが起きた。漸戯は飛牙に気付くと目を見開きにっと笑った。

「これはこれは、寿白殿下ではありませんか」

飛牙は慌てて漸戯の口を塞《ふさ》いだ。

「誰だ、てめえ」

飛牙のほうはこの男を知らないらしい。

「しがない薬師の漸戯と申します。以後お見知りおきを」

「薬師？　毒作っている人殺しだろうが」

「おや、ご存じで」

飛牙が胸ぐらを摑《つか》んだ。

「よせ、ここは目立つ。どこか人のいないところに」

那兪が制止した。

「困りますね。私は王都を離れるつもりなもので、急いでいるのですよ」

「黙れ、訊《き》きたいことがたんまりあるんだよ。裏雲のこととかな」

「……知り合いでしたか。ならば仕方ない。お茶でもしましょうか」

漸戯は親指で近くの飯屋《めしや》を指した。

「まず、なんで俺を知っているのか、聞かせてくれるか」

飛牙の問いに答える前に、漸戯はお茶を口にした。

聞かれたくないことでもあるので、店の個室を借り受ける。まだ日が高いこともあり、他の部屋は埋まっていなかった。

「徐国復活の際のあなたは素晴らしかった。惚《ほ》れ惚《ぼ》れしましたね」

「見てたのか」

「はい。面白いものを見せていただきました。まさか天令まで見られるとは」

漸戯はもちろん同じ卓にその天令が座っていることには気付いていない。あの場にいた者が見たのは光だけだ。

「天令は少年、あるいは少女の姿をしていると言いますが、確かにそのように見えました。目映《まばゆ》すぎてお顔まではわかりませんでしたが、天への信仰心が増したものです。あなたは天令を味方につけたにもかかわらず弟に譲位し、国の安寧を願い旅立った。英雄の懐の深さを見せつけられたものです。私が詩人ならどれほど感涙して試作したことか」

「うるせえな。で、あんた何しに徐まで来てたんだよ」

「毒薬の材料を求めてというのが表向き。もちろん我が友、裏雲に会うためです。ですが着いたらあのとおりの騒ぎ。とても会える状況ではなく、諦めるしかありませんでした」

残念でした、と大袈裟《おおげさ》に肩をすくめる。

「裏雲とはどういう知り合いだ」

「彼が訪ねてきました。翼を消す方法はないかと。私が知る限りないと答えました。ただ、何かわかったら伝えるという約束をし、私たちは深い縁《えにし》の友人となったわけです。なにしろ彼はあのとおり魅力的な人ですから」

黒翼仙《こくよくせん》と毒師。なんといういかがわしい組み合わせだろうか。那兪は眉《まゆ》をひそめた。おそらく毒の知識も交換し合ったのだろう。

「黒翼仙をやめたいとは思っていたわけか……」

「何か庚の後宮で目的があったようで、今すぐということではなかったようですが、方法だけは探っておきたかったみたいですね」

「裏雲が今どこにいるか知らないか」

「知っていたら私も会いたいものです。ところで私からも訊いてよろしいですか、殿下は裏雲とどのようなご関係で？」

「……幼なじみってとこかな」

「なるほどなるほど。王太子の幼なじみとなれば、彼もそれ相応の家柄の出身だったのでしょうねえ。彼には大切な人がいたようでしたが、どうやらあなたですね」

那俞は黙って聞いていたが、漸戯のしゃべり方のいやらしさに、少しばかり辟易《へきえき》した。

「ところで、こちらの見目麗しい少年を紹介していただけませんか」

「えっと……那俞っていって、ただの知り合いだ」

弟というわけにもいかなかった。寿白に徐王亘筧以外の兄弟がいたらややこしくなる。だが、ただの知り合いがこんなこみいったことを話す場に同席するはずもない。

当然、漸戯はあまり信じていないようだ。薄笑いを浮かべている。

「天令は人の形に化身することもできると、裏雲殿から聞いたことがあります。さすが黒翼仙の知識はすごい。もしかしてこちらは……」

薄気味の悪い目で見られ、那俞は睨み返した。

「どうでもいいだろ。んなことより、あんた摂政に雇われていたんだろ。どうして都を出ていくんだ？」

「反乱は起こされる、暗殺は露見する。摂政閣下も終わりでしょう。私は勝ち馬に乗りたいほうなんですよ。引き際です。ところで、何故私が摂政に雇われているなんてことまでご存じなのですか」

「俺は王女の胤を殺した奴を探している。最初の胤はあんたの毒に殺されたようだ。心当たりは？」

漸戯は首を傾《かし》げた。

「さあ。毒はすべて摂政閣下に卸していました。無色透明で味もない。ごく少量でよく効く。あれは私の最高傑作です。閣下の子飼いの暗殺者が目標を毒殺するわけで、私は標的が誰なのかまでは知りません。しかし、王女の胤を殺す理由など閣下にあるでしょうか」

「……盗まれたことは？」

「あるかもしれません。私は管理が雑ですから」

目星がついたのか、飛牙は長く息を吐いた。これ以上、訊きたいことはないらしい。

「ありがとうよ。もうどこへでも行ってくれ。あ、待て。もう一つ。あんた、裏雲の寿命を知らないか」

「彼の話から推察するに長くても二年ないかと思います」

「二年……」

飛牙は息を呑んだ。

「お近づきのしるしに、これを差し上げましょう」

漸戯は卓に薬包を一服置き、指で飛牙の前まですべらせた。

「これは？」

「毒消しです。摂政閣下に渡した毒用のものですが。毒を口にしてから半刻《はんとき》以内です。それ以後だと間に合いません」

ありがたく貰《もら》っておいた。いつ何時、胤を殺した奴にまた命を狙われないとも限らない。

「お互い裏雲殿に会えるといいですね。では、ごきげんよう」

漸戯は別れを告げ、去っていった。

そろそろ夕暮れが来ようとしている。飛牙は考え込んでいるが、まずは帰らなければならない。

「そなたは飛べないのだろう、早く戻るぞ」

「……飛んだら天まで行けるのか」

飛牙は天に殴り込みでもかけたい気分だったのかもしれない。

「白翼仙《はくよくせん》でも無理だ」

天は単なる上空にあるわけではない。

三

軍議から五日目。

女王と甜湘は半日で和議申し入れの書状を書き上げ、密使に持たせた。

書状に摂政の名はなく、これが王との直接対話であることを示していた。王政側としてこれ以上ないほど礼をつくしたものだ。

飛牙はそちらのほうにはいっさい関わることはなかった。生き生きと動き回る甜湘を微笑《ほほえ》ましい気持ちで眺めていた。

「すまぬな、ばたばたしてしまって」

甜湘が飛牙の部屋にやってきて、陶器に入った茶葉を置いていった。顔を合わせたのは六日ぶりのことだった。

「この茶は何州《か》の名物だそうだ。たいそう香りが良い。和議の場所と日時が決まってな。向こうの使者がくれたものだ」

土産《みやげ》までもたせるのだから和議はうまくいきそうだ。

「向こうの要求は四つだ。緊急の食料援助、向こう三年間の税免除、そして王政の改革と反乱軍をいっさい処罰しないこと。私としても望むところだ。争いになることはない。母の名代として王都直轄領亀残《きざん》にて会談をすることとなった」

甜湘は頬《ほお》を紅潮させていた。

「大役だな」

「うむ。身が引き締まる。雨降って地固まるよう努力する所存だ。これから共に和議に臨む張大臣と打ち合わせがあるゆえ、これにて失礼する。あとでゆっくり話したい。三日後に王都を出て和議に向かう。その前に飛牙とゆっくり話したいと思っている」

どうやら摂政閣下は完全に梯子《はしご》を外されたらしい。甜湘が去っていくと蝶が頭の上に留まった。

――そううまくいけばよいのだが。

「心配しても仕方ないさ。せっかく貰ったことだしお茶でも飲むか」

お湯を貰いに部屋から出ると向かいの部屋から栄関が飛び出してきた。

「どこに行かれますか、胤殿」

「ああ、何州《か》から貰ったとかいうお茶を飲もうかと思ってさ。お湯を――」

「私が参ります。お部屋でお待ちください」

この少年官吏は再び飛牙に張り付くようになっていた。それというのも軍議の日、胤が行方不明になったせいでずいぶんと騒ぎになったらしい。城の中で迷子になったなどと適当なことを言っておいたが、あまり信用されていない。おかげでこの五日、部屋からあまり出られずにいた。

やむなく部屋に戻る。

「これじゃあ動けないいな」

――毒殺しもそなたを狙うことができないということだ。

「だけど、これじゃその場を押さえて捕まえられない。なにせ、今のままだと証拠がないからな」

相手にはそれ相応の身分がある。ただ詰問しても逆効果だ。

――目星はついているのであろう。そなたが疑っているのはどっちだ？

那俞は二人のうちどちらかと訊いているのだ。つまり、那俞にもおおかたの見当がついているということだ。

「頼みたいことがある」

飛牙は大急ぎで短い手紙を書くと、那俞に託した。

――奴に渡せばいいのか。それには一度、人の形にならねばならぬな。

「少年官吏は少なくない。今は籠城の準備で王宮も入り乱れているし、ま、なんとかなるだろ」

――手伝ってやろう。

那兪は人間の姿に変化すると、髪を黒くし、書状を懐に持って部屋を出た。

動けないなら向こうから来てもらうしかない。目的の人物は今日も和議に関する条件等のことで重臣らと王宮に詰めているはずだ。

少しして扉の向こうから声がした。

「お茶の用意をして参りました。失礼いたします」

入ってきたのは栄関と頭上で羽ばたく那兪だけではなかった。どういうわけか濤基と有為、それに若い娘、おそらくこれは甜湘の妹だろう。顔立ちが女王に似ていた。

「皆様、胤殿とお茶を楽しみたいとおっしゃいまして……あの、よろしいでしょうか」

栄関にとっても思いがけないことだったのだろう、飛牙の反応を窺《うかが》った。

「もちろん歓迎するさ。入ってもらってくれ」

蝶はそそくさと窓の上に移動した。その那兪に向かって目配せをする。客人に目を光らせていろという意味だ。

「今後のこともあって胤殿と話したかったのだが」

他の二人は予定外だったのだろう、濤基は吐息を漏らした。

「昭香と申します。姉様のお気に入りの胤の方とお会いしてみたかったのです。こちらに向かうお二人を見かけてついてきてしまいました」

そうは言ったが、昭香はおそらく濤基のそばにいたかっただけだろう。飛牙も那兪からそのあたりの話は聞いていた。

「何州《か》のお茶をいただこうと思ってな」

有為は無表情に言った。

「茶器はそこか。私が運ぶから栄関はお茶の用意を頼む」

濤基は椅子《いす》に座る前に、棚の上に置かれた茶杯を盆の上に並べていた。

運ばれた茶杯に栄関が慣れた手つきで茶を注いだ。ふくよかな茶の香りが室内を満たす。濤基が順番に湯気をたてる茶を置いていった。

——飲むな。そなたの見込みどおりだ。

肩の上に乗った蝶が語りかけてきた。もちろん、他の者には聞こえない。

「濤基様、その茶杯は俺専用なんだ。取り替えてくれるか」

濤基は目を瞠《みは》った。

「全部同じ杯に見えるが」

「それが模様が微妙に違うんだよ。それじゃないと嫌なんだ。悪いな」

飛牙は強引に茶杯を取り替えた。

「……それではいただこう」

有為は一つ溜《た》め息《いき》を漏らすと、茶を口にした。

「美味《おい》しいわ。これは温《ぬる》い方がよいお茶なのね」

昭香が口元を綻《ほころ》ばせた。

「濤基も早く飲んでみなさい。とても良い香りです」

昭香は隣の濤基にお茶をすすめた。

「いえ……私は」

濤基は杯を持とうともしなかった。青ざめた顔で赤い液体を見下ろしている。

「だよな。そのお茶は毒入りだ」

飛牙は吐息混じりに笑った。

昭香は目を見開き、茶杯を落とした。器の割れる音が響く。やりきれないように有為は目を伏せていた。

「何を言うか」

濤基は立ち上がった。

「なら飲んでみろよ」

「私が何故、胤殿に毒を入れるというのだ」

「俺が訊きたい。たぶん、嫉妬《しっと》かな。あんた自分で胤を連れてきておいて、甜湘がそいつらと仲良くなるのが面白くなかったんだろ。勝手なもんだ。どれほど甜湘を傷つけたかわかってるのか」

「胤殿はご乱心か。仮にこれに毒が入っていたとしたら栄関の仕業であろう」

栄関は激しく首を横に振った。

「そんなことしてません」

「栄関が茶壺《ちゃこ》から茶を注ぐのをみんな見てるだろうが。他の茶はなんともない。つまりあんたが茶杯に先に塗ったんだよ。その茶杯を俺の前に置いたのはあんただ」

飛牙は濤基の前に置かれた茶杯を持つと、「飲め」と突き出した。

那兪に手紙を頼んで呼び出したのは有為だけだったのだ。そこで濤基のことを相談するつもりでいた。今日この場でここまでするつもりはなかったが、仕掛けられた以上は明らかにするしかない。

「やめてっ、濤基がそんなことするはずないでしょう」

思いがけないことが起こった。叫ぶや否や、昭香は飛牙から茶杯を奪うと一気に飲み干したのだ。

「おいっ」

飛牙が止めるのも間に合わなかった。皆、息を呑み昭香を見守った。

「ほら……なんともない……全然なんともないわ、毒なんて……」

そう言うそばから昭香の首に黒い筋が浮かび上がってきた。茶杯を落とし、両手で首を押さえる。

「なに……なにこれ……息が」

　倒れかかった昭香を抱き留めると、飛牙は口の中に漸戯から貰った毒消しを突っ込んだ。それをお茶で流し込んでやる。

「毒を中和する薬だ、飲めっ」

　口を押さえられ、半狂乱になって抵抗した昭香だが、やがて落ち着く。ぐったりと飛牙の胸にもたれかかって泣き出した。

「胤殿がここに来るようにという言付けの手紙を寄越したのは、このことを相談でもするつもりだったわけか」

　有為は深く息を吐いた。

「濤基……おまえなのか、胤を殺したのは」

　怒りを押し殺したような顔で弟を問い詰める。

「もしかして、彭家の呪いもか！」

　濤基は絶叫した。今まで見たこともないような狂気に満ちた表情で兄に殴りかかるが、簡単に手首をねじり上げられてしまう。

「何故だ、何故わかった」

　濤基が泡を吹く。

「毒の入手先などから考えて、あんたか有為だろうと予想がついた。だが、俺を弓矢で殺そうとしたのはあんただ。兄貴のほうは弓の腕がいいらしいからな。あの距離で、立ち止まっている人間様が的なのに、かすりもしないなんてまずありえねえ」

「……もっと早く、殺しておけばよかった」

床に押さえつけられた濤基が、恨みがましい目で飛牙を見上げていた。


徐の牢《ろう》は高い塔だ。ここ燕の牢は地下にあった。

王宮の地下牢に入れられる者の多くは二度と日の目を見ることはない。暗い地下ではわずかばかりの灯が薄気味悪く揺れていた。その牢の一番奥に彭濤基はいた。壁にもたれかかり、虚空を見つめていた。

罪人の牢の前には甜湘が立っていた。その後ろに有為が控えている。濤基から見えないところに飛牙と女王、それに彭仁旺が立っていた。

「濤基……何故宗右《そうう》を殺した？　志譲《しじょう》もか」

甜湘にも信じられなかっただろう。濤基はもっとも付き合いの長い官吏で、時に反目しても信頼はしていたはずだ。

「彭家の薬師が作った毒を失敬しました。最初の胤はそれで。風邪を引いていたので薬だと言って飲ませました。次の胤は後頭部を石で殴りつけて殺しました。死体とその石を窓から落としておきました。あの夜は急な渡りの申し付けでしたので、毒の準備が整っておりませんでしたもので。自分の手を汚したくはありませんでしたが」

甜湘はぎゅっと目を閉じた。

「宗右と志譲がおまえに何をしたというのだ」

「胤に名はありません。そのように呼ぶこと自体間違っていらっしゃる」

濤基の声が冷たく壁に反響した。

「人を胤などと呼ぶこと自体、おぞましい。間違っているのはおまえとこの国だ」

王女は目を潤ませ、罪人を糾弾した。

「殿下は知恵も勇気もおありで、私が見込んだ真の女王です。まさしく灰歌様の再来なのです。なのに一つだけ欠点がある。それが〈情〉でした。胤に子供を作る以外の興味などもってはいけなかった。道具と割り切らなければならなかった。あなたにはそれができない。私がどれほど歯痒《はがゆ》かったことか。嫉妬などという下世話なものでは断じてない」

甜湘は牢の鉄格子を両手で摑んだ。

「そんなことで二人を殺したのか。彼らに何の罪がある」

「あなたが胤への情を断ち切らないからです。どのみち彼らは死んだのです。たとえ首尾良く姫が生まれても、僧院の地下牢で死にます。ご存じなかったでしょうが、殿下の父君も軟禁などではなく光すら入らない、狭い牢に押し込められていたのです。劣悪な環境におかれ、どの姫の父親も垢《あか》と糞尿《ふんにょう》にまみれて心を病み、三年以内に死んでしまったそうです。早めに殺してやるのはむしろ慈悲ともいえるのですよ」

甜湘は絶句した。父親がそんな死に方をしていたなど初めて知らされたのだ。女王も蒼白《そうはく》になって摂政を振り返る。おそらく彼女も病死としか知らされていなかったのだろう。知っていたのは僧院の者たちと摂政家の者たちくらいかもしれない。

「……何故」

震える唇で絞り出す。そこまでする必要があるのか。甜湘にはとうてい理解できなかったに違いない。

「早く死んでいただくためです。女王の父親などという存在に、生きていてもらっては困るからです。そうですよね、父上。そこにいらっしゃるのでしょう」

彭仁旺はびくりと体を震わせた。

「代々そうしてきたのを引き継いだだけだ。待遇は僧院の者たちの裁量によるところが大きい。おそらくこちらの意図を汲《く》みすぎたのだろう。私が決めて命じたわけではない」

仁旺は唾を飛ばして叫んでいた。

「すべては国のためだ。頼りない女の王を支えるために、歴代の摂政がどれほど苦労してきたかわからんか」

　自分は悪くないと声を限りに主張する。

「その汚い口を塞いでいろっ」

　甜湘も絶叫していた。それから呼吸を整え、気持ちを落ち着ける。

「濤基、おまえがなんと思おうと私はこういう人間だ。百人の胤を差し出されてもそれは変わらない。灰歌も泣きも笑いもする一人の女だったはずだ。勝手な理想を人に押しつけて、宗右と志譲を殺したことを私は許さない」

　甜湘は濤基に背を向けると、有為に場所を譲った。

「濤基……摂政夫人と洪全《こうぜん》兄上を呪ったのは恨みからか」

　兄の声に濤基は顔を上げた。

「兄上ならわかってくださるでしょう。我らの母は屋敷で下働きしていただけだった。それを父が、逆らえないのをいいことに半ば無理矢理辱めたのです。そうして我らは生まれた。なのに、母はずっと下働きのままで、ついには正夫人にいびり抜かれ、病になっても放置され死んでしまった。弱い女は悲しいものです。始祖王への敬愛は強い女だったからこそ。胤二人を殺したことで、私は力に目覚めました。屋敷で同じ毒を使っても、毒消しがある。だから呪術《じゅじゅつ》に頼った」

「三人目の胤殿にあのような形で毒を盛ったのは、何州《か》からの茶に毒が入っていたとでも言うつもりだったのか」

表情の少ない有為も、さすがに眉根《まゆね》を寄せた。

「いい機会だと思ったのですが、失敗しました」

「何州の使者が献上した茶に毒が入っていたということになれば、誤解のままに怨嗟《えんさ》が怨嗟を呼び、戦は避けられなかった。損害ははかりしれない。国を壊す気だったのか」

「私は元々こんな国に興味はありません。それに……全軍を率いて戦う姫将軍、灰歌の再来を見たいようにも思いました」

皆、言葉もなかった。

（……どこからどういうふうに、狂っていくもんなんだろうな）

飛牙は黙って聞いていたが、甜湘の気持ちを思うとやりきれなかった。

「私の母も、おまえの母君と似たような死に方だった。父を恨まなかったわけではない。だが、私怨《しえん》で他者を巻き込む気にはなれん。私も巻き込まれたくないからな」

有為は懐から懐剣を取り出すと、牢の中に置いた。

「さらばだ」

自害用の剣だった。

濤基の目はすでに死んでいた。言いたいことをすべて吐き出して、もはやこの世に未練はないように見えた。朝までにこの剣で自らの命を終わらせるだろう。

その場にいた者たちが離れていく。皆、心底疲れ切ったような顔をしていた。仁旺はすっかり毒気が抜け老人のようになっている。

「……摂政を辞任いたします」

「あいわかった」

女王はそれだけ答えた。

長い夜だった。だが、明ければ新しい燕国が始まる。

第七章　かたち

一

「加減はどうだ」

甜湘《てんしょう》は毒を飲んでしまった妹を見舞った。毒消しのおかげで大事には至らなかったが、数日の加療が必要だと医者に言われている。

「姉様……」

昭香《しょうこう》は横になったまま白い顔を姉に向けた。昭香の私室には若い娘らしい華やかさがあった。見舞いの花がいくつも並んでいる。

「起きなくていいぞ」

体を起こそうとした妹を制した。

「濤基《とうき》は死んだのですね」

「……そうだ」

昭香の閉じられた目蓋《まぶた》から涙が伝う。

「私……濤基が好きでした」

妹の告白に甜湘は吐息を漏らした。

「幼いときからよくしてもらいましたし、父親と姉様の板挟みで苦労している姿に、支えてあげたいと思っていたのです」

「……気付いてやれなくて、すまなかった」

昭香は頭《かぶり》を振った。

「濤基が姉様を慕っていると思って、ずっと焼《や》き餅《もち》をやいてました」

「あの男が好きだったのは、想像の中の灰歌《はいか》だった。私は何も気付けない女だ。気付けていれば、宗右《そうう》と志譲《しじよう》を死なせずに済んだのに」

自分の夢や憤りで手一杯だった。何故《なぜ》もう少し余裕をもって心配りができなかったのか。甜湘は我が身の未熟さを嘆いた。

「私だって何も気付けなかった。もう一生誰かを好きになれそうにありません」

妹の手を強く握り、その泣き顔を見つめた。今までこんなに妹と腹を割って話したことがあっただろうか。もっと歩み寄れたはずなのに、それを怠ってきた。

「そんなことを言うな。胤《たね》は金輪際いっさい廃止する。もう反対する者はおらん。だから我らもこれからは夫を持っていいのだ。昭香にはきっと温かい家庭が待っている」

「家庭……」

それは王族の娘に生まれたときから諦《あきら》めなければならないものだった。焦がれても届かない夢だった。

「そうだ。夫婦がいて、子供がいる。昭香は必ず良き妻良き母になるぞ」

両手で顔を覆い、昭香は嗚咽《おえつ》した。そんな妹の髪を撫《な》で、泣《な》き止《や》むまで傍らで待った。愛する者の無実を証明したい一心で毒の入った茶を呷《あお》った。そんな一途《いちず》な昭香が幸せにならなくてどうする。

「……ごめんなさい」

「何を謝っている？」

「姉様の胤殿を、どこの馬の骨とか小汚いとか言ってしまいました。訂正します。あの方は姉様にふさわしい人です」

思わず甜湘は笑った。そういえばそんなことを言われたことがあった。

「そうか、似合いか」

「はい、とても。夫とするのですか」

「向こうは目的のある旅の途中だから難しいかもしれん。だが、私が最初に夫を持たなければ昭香や王族の娘たちが続けないだろう。だから求婚してみようと思う」

昭香は目を丸くした。

「姉様から？」

「うむ。どきどきするものだな」

甜湘は両手を胸に重ねた。

「あの方が断ったら私が承知しません」

「それは頼もしい」

姉妹は声を揃《そろ》えて笑っていた。これほど絆《きずな》を感じたのは初めてだった。この先何があっても手を取り合って乗り越えていきたいと、甜湘は心から思った。


明日は和議に向かうというその夜、甜湘は胤を呼んだ。

いずれまた会えるかもしれないが、今はこれが最後の夜となる。街に出ることはなく、二人並んで寝台に腰をかけていた。

「そちには本当に世話になった。濤基を止めてくれていなければ燕《えん》は泥沼の内戦になっていた」

甜湘の心からの礼だった。有為《うい》から聞いた毒の入ったお茶の話は、名跡姫《みょうせきひめ》を震撼《しんかん》させた。甜湘は飛牙《ひが》も国も失うところだったのだ。

「俺が死にたくなかっただけだよ」

「うむ。なによりそちが無事でよかった」

人が思うほど自分は強くない。飛牙にまで死なれていたら、生きている限り二度と笑うことはなかっただろう。

「胤をやめて、私の夫になってほしい」

飛牙は耳を疑ったようだ。ありありと困惑の色が浮かぶ。次期女王の夫などやはり厄介なことでしかないのだろう。それでも今の甜湘が夫に選ぶのは飛牙以外にはいなかった。愛や恋だけでは済ませられない強い縁《えにし》を感じていた。

「……嫌か」

「んなことはない。ただ……なんというか、俺もいろいろ、面倒くさい立ち位置にいるんだよ」

「もしかして他に想《おも》い人が？　まさか妻がいるのか？」

考えてみれば、自分は飛牙のことを何も知らない。

「いや、どっちもいねえけど……そういう問題じゃなくて」

飛牙は煮え切らなかった。困ったように天を仰ぐ。

「胤を正式に廃止するためには私が一番に動くことが大事だ。ひどい殺されかたをした父、死んでいったすべての胤を改めて弔いたい。私がここで夫を持ち、公《おおやけ》に宣言することが大事なのだ。そうすることによってこの国は変わる。その一歩となる。そして私はその相手が飛牙でなければ嫌なのだ」

揺れる明かりに照らされた悩める青年は、小さく吐息を漏らす。

「俺は殺しもしたし、騙《だま》しもした。盗みは当たり前のことだった」

驚くべき告白をされ、甜湘は息を呑《の》んだ。

「……何故だ」

「それしか生きる術《すべ》がなかったからさ。俺は追われていて、無力で、関わる者を死なせてきた」

軽薄に見えてふと横顔に悲しみが滲《にじ》むのは、そうした過去があったからなのだろう。

「そちは何者なのだ」

何故、追われたのか。何故、関わる者が死んでいったのか。思い出したくもないことなのだろうが、甜湘は聞かねばならない。

「那兪《なゆ》、いるんだろ」

飛牙は振り返った。二人だけの寝室で誰かを呼ぶ。

現れたのは蝶《ちょう》だった。

「その蝶に名前までつけていたのか？」

「こいつは蝶々じゃねえんだ——姿を見せてやってくれ。甜湘には隠し事をしたくない」

飛牙がそう言うと、羽ばたいて蝶はうっすら光を放った。光の中に人の形が見え、やがて銀色の髪の少年の姿に変わる。

「これは……！」

甜湘はあっけにとられていたが、すぐに満面の笑みに変わる。

「天令《てんれい》だな、天令だったのだな」

天は光を遣わす。光、あるときは虫の形に、あるときは人の形に。新たな王の誕生に立ち会い、新王に玉《ぎょく》をもたらし、あまねく地上を見て回り、天に報告する——灰歌の建国記にある最初の一節だった。

「そう。私は天令。名を那俞という」

極上の白磁のような肌をした少年が厳かに言った。

「ご無礼いたしました……天令殿」

天の存在を心から信じることができずにいた王女はその場に片膝《かたひざ》をついて一礼した。畏敬《いけい》の念で胸が高鳴る。

「堅苦しいことは抜きにしよう。こいつは今、俺のせいで天に戻れない」

「そのとおりだ。この馬鹿《ばか》のせいで堕天の危機にある」

少年は飛牙を睨《にら》んだ。

「天令殿とこのような関係にあるとは、そちはいったい……？」

「俺には捨てた名がある。蔡寿白《さいじゅはく》だ」

甜湘は立ち上がった。驚いてばかりだ。

「徐《じょ》の救国の英雄……寿白殿下か」

「いや……それはなんか、噂《うわさ》に尾ひれが付きすぎて——」

「うむ。想像してたのと違う。軽いぞ」

男らしい髭《ひげ》を蓄えた隆々たる体躯《たいく》の青年を想像していた。見るからにひれ伏すような威厳があって、それこそ天の化身のような。

「人間、軽いほうが動きやすい」

飛牙は口の端を上げ、ぬけぬけと言った。

「私には英雄がついていたのだな。天の意思なのか」

「天は徹底的に不干渉を貫いているから、関係ないと思うぞ」

「そうなのか、天令殿」

少年に確認してみた。

「天は地上に干渉をしない。だが、例外がないとは言い切れない」

「うむ。私もそう思う。私が街に出て寿白殿下と巡り合ったのは、偶然だけではないと信じている」

飛牙も立ち上がり、甜湘の手をとった。

「甜湘はいい女だよ。だが、結婚となると燕の名跡姫と徐の王兄という問題が出てくる。ばれちまったら後々面倒なことになりかねない。そこを考慮して、俺を夫にするかどうかもういっぺん考えな」

甜湘は不敵に笑った。

「私はいっそ公表して徐との縁を深く結びたい。しかし、今はまだ慎重であるべきなのかもしれない。とにかく、ばれなければいいし、ばれたらばれたでそのとき考えればいいのだ。飛牙が何者でも気持ちは変わらん。たとえ天令殿が正妻みたいなものでも、一向に気にせんぞ。天令殿であるならむしろ頼もしいくらいだ」

きっぱりと言い切った。微塵《みじん》の偽りも迷いもない。

「……姫よ、背筋が凍るようなことを言うでない」

少年はすっかり固まっていた。言葉を間違えたかもしれない。

「すまない、こいつの他にもう一人面倒なのがいるんだよ。俺には黒翼仙《こくよくせん》になってしまった乳兄弟がいる」

「これっ、否定せぬか」

天令が怒っているが、そんな細かいことなど、この英雄にはどうでもいいようだった。

「そいつは俺が殺されたと思って、復讐《ふくしゅう》するために黒い翼を背負ってしまった。だから何があろうと助けなきゃならねえ。ここにとどまれない理由はそのためだ。それでもいいのか」

「かまわぬ。私たちの進むべき道はそれぞれ違うが、そんな形の夫婦がいてもいいだろう。我が夫となってくれるか」

覚悟を決めたように飛牙は再び天を仰いだ。吹っ切れた笑みが浮かぶ。

「喜んで」

飛牙の大きな手が頬《ほお》に触れる。

「本当に私でいいのか」

「実のところ惚れた腫れたはよくわからねえ。でも、こんなに愛しいなら間違ってないさ。よろしく頼む」

軽くない。全然、軽くない。

したたかな眼差《まなざ》しも日焼けした顔も、肩口から覗《のぞ》く刀傷も、理不尽な絶望から這《は》い上《あ》がってきた男の証《あかし》だった。

(私にとってこの世界で一番の英雄だ)

少し泣けてきた。

この身は次の女王で、国は乱れている。やらなければならないことは山積みだ。それでも今宵《こよい》だけは、十八の娘に戻ることを許してもらおうと思った。

銀髪の少年が、部屋の窓を少しだけ開けた。

「馬鹿げた選択だが、尊重してやる。私は夜風にあたってこよう。朝まで戻らん」

蝶に姿を変え、窓から飛び立っていった。

二

その日は快晴であった。

夏の名残《なごり》を残す秋空は澄み渡り、どこまでも高い。

この日、燕国名跡姫甜湘は十数名の兵と新摂政張瑞丹《ちょうずいたん》を従え、何《か》州軍との和議のため王都直轄領西の街亀残《きざん》へと向かう。

城門にて白馬にまたがるその姿は、まさしく灰歌の生まれ変わりであるかのようだった。それは比喩《ひゆ》ではなく、実際の灰歌を知る天令那俞のお墨付きでもあった。

(顔立ちは違うが、佇《たたず》まいはそのものだ)

三百有余年も前、天下《てんげ》四《し》国黎明《こくれいめい》期を築き上げた四傑の一人、女丈夫の姿であった。

蝶となり羽ばたきながら、その勇姿を目に焼き付けた。
(徐に燕……私は立ち会っているのだ)
見届けよ、と天に命じられた気がした。
そういえば徐の始祖王蔡仲均《ちゆうきん》も、いかれたところのある男だった。
(これは、先祖返りとでもいうのか)
那斎は振り返って飛牙を見る。少し離れて夫も新妻の出立を見送っていた。
この二人は今朝天窓堂《てんそうどう》にて簡単に式を挙げている。立会人は女王梨芳《りほう》と妹姫昭香、
それに張瑞丹と彭《ほう》有為の四名、そして一羽の蝶だけであった。
「俺の嫁さんたいしたもんだ、惚《ほ》れ直すよな」
——そなたから惚気《のろけ》を聞くとは思わなかった。
どさくさ紛れに故国を取り戻し、どさくさ紛れに隣国の王女と結婚する。この男い
かなる星の下《もと》に生まれたものやら。
「だな」
——女王にも身元を話さないのか。
「そうなると俺も亘寛《こうけん》に言わなきゃならなくなる。まだいいさ」
他国間での王族同士の婚姻は例がないわけでもない。しかし、国と国の関係が強固
になりすぎるのも他の国に脅威を与える。ただの結婚ではなく、複雑な外交の問題な

のだ。甜湘王女は一介の流れ者を夫に選んだ、というほうが今はまだ望ましい。なにより胤の男を夫にすることで、胤という存在をこの世から葬り去ったのだ。名跡姫の夫は、より良き国造りのために諸国見聞の旅に出る――そういうことになっている。

「ま、うまくいくだろ」

――何《か》州軍にしてみれば、王都に攻め込むなどというのは玉砕覚悟であっただろう。それが向こうから和議を申し入れてくれて、名跡姫自ら援助を約束するというのだからな。降って湧《わ》いた僥倖《ぎょうこう》に皆が安堵《あんど》しておった。徐を滅ぼした山賊どもとは違う。

「ゆうべ様子を見に行ってくれたんだろ。ありがとな」

――別に。ただの見物だ。

男女の夜を見学するのは、人間界では無粋らしいので仕方がない。反乱軍の偵察は暇潰《ひまつぶ》しにはちょうどよかった。

「出立っ！」

甜湘が勇ましい声を上げた。

白馬が前に進み、皆があとに続く。甜湘は一度だけ飛牙を見下ろすと小さく肯《うなず》いた。飛牙もまたそれに応える。

名残惜しいだろうが、ゆうべたっぷりと語り合ったらしい。王玉を叩《たた》き割《わ》って各郡に授けた話などには、目から鱗《うろこ》とでもいうように驚いていたと聞く。おそらくこの姫君のことだから真似《まね》をする気満々なのだろう。

「行くか」

甜湘を見送り、飛牙も歩き出した。他の連中との別れは朝のうちに済ませてある。これで王都ともお別れ、この国を離れ越《えつ》国に向かうことになる。

黒翼仙を救う方法があるとは正直言って思えない。それでもこの男は最後まで諦めないだろう。達観を気取って自分の生死に興味がないようなことも言うが、とびきり諦めが悪いからこそ、あれほどの目に遭っても飛牙は今生きているのだ。

（ならば私も最後まで付き合おう。たとえ天に否やを言われても）

那兪はそう思っていた。

「お待ちください、殿下」

立ち去ろうとした飛牙を、彭有為が呼び止めた。殿下と呼ばれ、一瞬ぎくりとしたようだが、王女の夫という意味の殿下らしい。

「殿下はやめてくれよ」

「しかし、もはや胤殿ではありませんゆえ、私としてはこう呼ばざるをえません。ご出立にあたりこれをどうぞ」

　有為は布に包んだものを手渡した。中には少なからぬ金と銀、そして燕国発行の一級手形が入っていた。

「金はいらねえよ」

「これで道を踏み外さぬようにと、甜湘殿下から言付かっております」

　花嫁から釘《くぎ》を刺されたらしい。

「……わかった」

　飛牙は懐に収めた。

「私は今後、妻の実家の姓を名乗ろうと思っております。彭の名は表舞台から消えたほうがいい」

「嫁さんがいたのか」

「子供も四人」

　そういう家庭的な雰囲気がまったくない男だっただけに、那兪からしてもこれは意外だった。

「兄は呪術《じゅじゅつ》の影響で未《いま》だ半身に麻痺《まひ》が残っておりますので、軍を退くそうです。濤基のことも辛かったようで、好きな畑仕事をして過ごしたいと申しておりました。彭一族の独裁はこれで終わりです。今後、摂政の世襲は認めないと、陛下が表明する予定です」

「でも、あんたは甜湘を支えてくれるんだろ」

「財務官吏として全力を尽くしますよ。これが天職と思ってますから」

経済は国の根幹だ。この男がその長となるなら、燕も持ち直していくだろう。

「できれば他国と友好を結びたいと思っていたのです。なにしろ、北の隣国はかなり厄介ですから」

「駕《が》国か。内情がわからない国だな」

「いささか焦げ臭い噂もあります。越から駕に入るつもりならお気をつけて」

「了解。じゃあな」

「寿白殿下もお気を付けて」

今度こそ飛牙は飛び上がった。

「なんだよ、そりゃ……なんで」

こんなときなら人間、したり顔の一つも見せそうなものだが、有為は眉《まゆ》も動かさなかった。

「栄関《えいかん》は私が濤基の下に遣わしたのです。決して弟を疑っていたわけではなく、胤の担当者だったからです。三人目の胤が死なないように見守ってもらいたかった。これ以上胤が不審死すれば国に未来はありません。甜湘様は良き女王になられるお方。胤を殺された失意でその才を腐らせるわけにいきません。栄関から胤殿は鳥や蝶を操ったと聞き及びました。獣心掌握術は徐の始祖王蔡仲均の得意とするところでしたね。寿白殿下もこれを身につけていたと聞き及んでおります。国を取り戻して燕に向かったという情報も届いていました。隣国の政変はこちらにとっても重大な影響がありますゆえ、そこらへんは当然調べております。ただ確信したのは、先ほど殿下とお呼びしたときの表情からですが」

種明かしに、飛牙は悔しそうな顔をした。海千山千の強者《つわもの》ヅラをしていても、まだまだ青い。

「……言うなよ」

「誓います。この事実を公表するかどうかは甜湘様が決めることです」

口の堅そうな男だ。心配はいらないだろう。

「今度こそ、またな」

有為と別れ、飛牙は歩き出した。

城壁の門を抜け、再び旅に出る。那兪も姿を人間に変えた。

旅は歩いたほうがいい。一歩一歩。そう思うのだから少々人間化してきているのかもしれない。

燕を視察していたであろう天令と会いたかったが、ついに見つけることは叶《かな》わなかった。もしかしたら避けられているのかもしれない。なにしろ堕《お》とされた身だ。関わりを避けるのもわからないではない。
（……戻れないのであろうか）
いつか戻れる、そうは思ってもそんな憂いに胸が塞《ふさ》がる。希望と不安が行き来する
などまるで人間だ。それでも素行不良の元王様が友人を救うことを諦めないなら、天
令としても弱音は吐けない。
「すっかり秋だよなあ。寒くなる前には越の王都に入らないとな」
飛牙は葛巾《かっきん》を取り、結んでいた髪をほどいて頭を振った。せいせいしたという顔を
して背中を伸ばした。
「越国は王が重い病の床にあり、二人の王子の世継ぎ争いとなっている。今度は関わ
らぬよう気をつけることだ」
「見てきたのか」
これから向かう国の現実に、飛牙もいささかげっそりしたようだ。
「しかしよ、越は厳格な長男相続じゃなかったか」
「便宜上一の宮だの二の宮だの呼んでいるが、この二人は同じ日に生まれているの
だ。どちらが先だったか、疑惑を呼んでいた。しかも二の宮は母親の出自が良いため
推す者が多い。だが、一の宮のほうに最近正体不明の切れ者の策士がついたようで勢
いを盛り返している。どの王子を推すかで軍部も割れている有り様だ」

骨肉の争いだ。遺恨を残しやすい。

「普通は押しつけあうもんだろ、玉座なんて面倒くさいもの」

「それはそなただけだ」

飛牙は首を傾《かし》げる。納得できないらしい。

「そっか？」

「そなたはそう言っておいて、王女の夫になったのだろうが」

「好きだからな」

すぐに開き直る。

「よいか、そなたは徐王の兄というだけでなく、燕国名跡姫の夫という二重に政治的な存在になったのだ。越で下手をすれば三国にまたがる問題にもなりかねない」

「そんな暇ないだろ。俺にはやることがあるんだから。いつか天をぶっ飛ばせればいいんだが」

「馬鹿なことを申すでない」

叱《しか》ってもどこ吹く風だった。ただ黒翼仙を助けるとは、そういう覚悟がいることなのだろう。

「だって、裏雲《りうん》とおまえだろ。どっちも敵は天だ。そりゃ焦るし、気合も入るさ」

この男は生意気にも、天令をも助けるつもりらしい。

「そなたなどに心配される謂《い》われはない」

とはいえ、誰かに心配されるのは悪くない。そんな気もしていた。

一歩一歩、飛牙と並んで歩く。

目の前には道と空だけがあった。

南天の夢

人間にとっては昔々、天令《てんれい》にとってはごく最近。地上が四つの国となって百二十年ほどたった頃のことでした。

南の徐《じょ》国を担当することになった天令の那俞《なゆ》はさっそく地上に降り立ちました。季節は夏、南の地だけあってなかなかの暑さです。濃い緑が生い茂り、どこもかしこも命が満ちていました。

徐国は、賢王と呼ばれた六代の治世が功を奏し、現在最も安定している国です。中には難儀な国もあるようです。天の許可がない限り干渉をしてはならない。それはわかっていても酷《むご》い光景を見ればやはり辛《つら》いものがあり、以前那俞はそれで失敗したこともありました。

といっても、今にも落ちそうなほどもろくなっていた吊《つ》り橋を渡ろうとした老人に別の道を選ばせるよう仕向けただけです。老人は無事でしたが、那俞は三年ほど天の牢《ろう》につながれました。天とはいわば秩序。決して楽園ではないのです。

短い時間ですが、羽をもがれ、自由を奪われ、ひたすら反省を促されます。もうあんな目には遭いたくありませんでした。

同じ過ちを犯さないようにするには人と接しないことが一番です。今度ばかりは那兪も心しておりました。それでも風が吹き、日差しが降り注ぐ人の世の気持ちよさは格別なものがあり、人の姿になって肌で感じたくなります。

「ふう」

頭を振ると銀色の髪が揺れます。髪を風が梳《す》くこの感覚が好きでした。そう言っても、他の天令にはまったくわかってもらえないのですが。

山の中腹からは麓《ふもと》の村が見渡せます。都からも遠く、綿花を栽培し暮らしている小さな村です。空の広さに比べなんとちっぽけな村でしょうか。しかし、こうした村々が国と王を支えているのです。

この世界はどこもかしこもあまねく尊いもの。王がこのことを忘れずにいてくれれば、国は豊かになるはず。

「あんれ、どこの子だ」

背後から声がして那兪は飛び上がりそうになりました。恐る恐る振り返ると、歳《とし》の頃十二、三の少女がおりました。粗末な着物を着て、籠《かご》を背負っています。籠の中には山で収穫したであろうミズやミョウガなどがたくさん入っていました。

「なんでそったら頭の色してるんだ。異境から来たのか」

「あ……まあ、そうだ」

見られてしまった以上は仕方ない。今更髪の色を黒くすればよけい驚くでしょう。そういうことにしておこうと思いました。

「そっか、だがら見だごどねえのが。どした、迷子になったのか」

心配そうに少女は近づいてきました。山の中に異境の子がいるとなれば、何かよほどのわけがあると思われても仕方ありません。

「迷子ではない。心配するな、ちゃんと帰れる」

「おどっつぁんいるのか」

親などいないが、天が父のようなものだろう、と肯《うなず》いておきました。

「よがった。捨てられだんでねんだな」

お世辞にも美しいとはいえない田舎くさい小娘でしたが、無垢《むく》で愛嬌《あいきょう》のある笑顔には惹《ひ》かれるものがあります。

「その着物で山に登っだのが。晴れ着じゃねえのが」

それほど豪華なものではないはずですが、山に登るには向かない衣服かもしれません。

「気にするな。もう良いから行け」

「腹減ってねえが」

この子はどうしてこうもお節介なのでしょうか。

「だから減ってない。早く戻らぬと一雨くるぞ」

那俞はついつい今後の天候のことなど話してしまいました。これ以上関わると、またやらかしてしまいかねません。

「こんたに天気はええべ」

娘は空を見上げます。空気の湿度、風の流れ。山になれた者でも感じ取れないささやかな変化でも、天令である那俞にはわかるのです。

「や……山の天気は変わりやすい。私はその辺の専門家だ」

娘は吹き出しました。

「何がおかしい」

「だって歳はおらと同じくらいだべ」

見た目が子供というのは厄介なものです。しかし、那俞が人の形のときは必ずこうなってしまいます。できるなら大人の男の姿形が欲しかったのですが、これも天のお考えなのかもしれません。

「歳は関係ない。いいからすぐに下りろ」

「んだども、もう少し山菜をとってからでねえと」

ああもう。人とはどうしてこうも言うことを聞いてくれないものか。那兪は大いに嘆きました。天令であることも言えず、干渉も許されない身ではこれ以上強くは言えません。

「とにかく……なるべく早く帰れ。私も帰るから」

「わがった。あ、おら、あの村の凜《りん》だ。困っだごどあっだら——」

「ないない。早く行け」

追い返すように手を振り、下山を促します。邪険にされたと思われるかもしれませんが、遭難するよりはマシなはず。

「そごがらの眺め、天下一だべ。おらも大好ぎなんだ。へばな」

去って行く少女にとりあえず安堵《あんど》しました。

(天下一の眺めか)

そうかもしれない。那兪は改めて見下ろしました。

南国らしく大河はゆったりと流れ、密林と形容するに相応《ふさわ》しい野生の緑が迫るように広がっています。鳥はさえずり、遥《はる》かに遠い地平線を目指して翼を広げていました。ゆったりと見えて南には南の天災も多いのですが、それも恵みと受け入れ、徐国は成り立っているのです。

のんびり眺めているうちにも空は西からみるみる雲に覆われてきました。山を覆い尽くすように黒い雲が重く垂れこめ、あっという間に雨が降り出したのです。

（予想より土砂降りになりそうだ）

あの少女は無事下山しただろうか。不安になり、那俞は雨の中、山を駆け下りました。誰も見ていないので、危険な崖も半ば浮いて滑り下ります。

そんなとき、悲鳴が響きました。あの少女の声だとすぐにわかりました。那俞は一条の光になってすぐさま声の方へ向かいました。

崖下で倒れている濡《ぬ》れた少女を見つけると、那俞は人の姿に戻り少女の体を確かめました。雨に足を滑らせたのでしょう。額からは血が流れ、どうやら右足の骨に軽く罅《ひび》が入ってしまったようです。

「凜……だからすぐに帰れと言ったではないか」

別れたあとも山菜を探していたようです。痛ましい姿に那俞はもっと強く言わなかったことを悔やみました。

怪我《けが》そのものはたいしたことはありません。しかし、動けない者を山に置いていけば間違いなく死にます。那俞はまたしても生かすか殺すかを委《ゆだ》ねられてしまったのです。

「関わるわけにはいかない」

前は危険な吊り橋を渡らせないようにしただけで罰を受けたのです。この少女を助ければ、それどころでは済みません。どれほどの間、天の牢につながれることになるか――。

那俞は一度は置いて立ち去ろうとしました。光になって天に戻れば一瞬なのです。二言三言口をきいただけの通りすがりの小娘に過ぎません。

「私は……駄目な天令だ」

捨て置くことなど結局那俞にはできませんでした。額の傷を拭いてやり、怪我した足に帯飾りを巻きます。村まで運んでやると決めると、少女を抱え光になっていました。

――またしても、やりよったか。

――那俞、出来損ないの天令よ。

〈声〉とともに光が降りてきました。

失敗した者を天へ戻すために現れた他の天令たちです。厳しい叱責が投げかけられ、那俞は返す言葉もありません。これから何十年か、もしかしたら何百年か。那俞はこの罪を償うことになります。

（それでも……）

少女はこの先も生きていきます。天令に比べれば瞬《まばた》きほどのちっぽけな生涯を健気《けなげ》に生き抜き、未来に命をつなげていくでしょう。

——さらば人の世よ。

那爺もまた光となり、二人の天令とともに天へと昇りました。いつか、また戻ってこられる日を信じて。

●この作品は、二〇一七年七月に、講談社X文庫ホワイトハートとして刊行されたものです。

|著者|中村ふみ　秋田県生まれ。『裏閻魔』で第１回ゴールデン・エレファント賞大賞を受賞し、デビュー。他の著作に『陰陽師と無慈悲なあやかし』、『なぞとき紙芝居』、「夜見師」シリーズ、『天空の翼 地上の星』など。現在も秋田県在住。

砂《すな》の城《しろ》　風《かぜ》の姫《ひめ》

中村《なかむら》ふみ

講談社文庫

定価はカバーに
表示してあります

2020年５月15日第１刷発行

発行者――渡瀬昌彦
発行所――株式会社　講談社
東京都文京区音羽2-12-21　〒112-8001
電話　出版（03）5395-3510
　　　販売（03）5395-5817
　　　業務（03）5395-3615

Printed in Japan

デザイン―菊地信義
本文データ制作―講談社デジタル製作
印刷―――豊国印刷株式会社
製本―――株式会社国宝社

ISBN978-4-06-519027-2

講談社文庫刊行の辞

二十一世紀の到来を目睫に望みながら、われわれはいま、人類史上かつて例を見ない巨大な転換期をむかえようとしている。

世界も、日本も、激動の予兆に対する期待とおののきを内に蔵して、未知の時代に歩み入ろうとしている。このときにあたり、創業の人野間清治の「ナショナル・エデュケイター」への志を現代に甦らせようと意図して、われわれはここに古今の文芸作品はいうまでもなく、ひろく人文・社会・自然の諸科学から東西の名著を網羅する、新しい綜合文庫の発刊を決意した。

激動の転換期はまた断絶の時代である。われわれは戦後二十五年間の出版文化のありかたへの深い反省をこめて、この断絶の時代にあえて人間的な持続を求めようとする。いたずらに浮薄な商業主義のあだ花を追い求めることなく、長期にわたって良書に生命をあたえようとつとめるところにしか、今後の出版文化の真の繁栄はあり得ないと信じるからである。

同時にわれわれはこの綜合文庫の刊行を通じて、人文・社会・自然の諸科学が、結局人間の学にほかならないことを立証しようと願っている。かつて知識とは、「汝自身を知る」ことにつきていた。現代社会の瑣末な情報の氾濫のなかから、力強い知識の源泉を掘り起し、技術文明のただなかに、生きた人間の姿を復活させること。それこそわれわれの切なる希求である。

われわれは権威に盲従せず、俗流に媚びることなく、渾然一体となって日本の「草の根」をかたちづくる若く新しい世代の人々に、心をこめてこの新しい綜合文庫をおくり届けたい。それは知識の泉であるとともに感受性のふるさとであり、もっとも有機的に組織され、社会に開かれた万人のための大学をめざしている。大方の支援と協力を衷心より切望してやまない。

一九七一年七月

野間省一

講談社文芸文庫

加藤典洋
村上春樹の世界
解説＝マイケル・エメリック
世界的な人気作家を相手につねに全力・本気の批評の言葉で向き合ってきた著者が作品世界の深淵に迫るべく紡いできた評論を精選。遺稿「第二部の深淵」を収録。
978-4-06-519656-4
かＰ６

加藤典洋
テクストから遠く離れて
解説＝高橋源一郎　年譜＝著者、編集部
ポストモダン批評を再検証し、大江健三郎、高橋源一郎、村上春樹ら同時代小説の読解を通して来るべき批評の方法論を開示する。急逝した著者の文芸批評の主著。
978-4-06-519279-5
かＰ５

講談社文庫　目録

講談社文庫　目録

講談社文庫　目録

五木寛之　百寺巡礼　第六巻　関西
五木寛之　百寺巡礼　第七巻　東北
五木寛之　百寺巡礼　第八巻　山陰・山陽
五木寛之　百寺巡礼　第九巻　京都II
五木寛之　百寺巡礼　第十巻　四国・九州
五木寛之　海外版　百寺巡礼　インド1
五木寛之　海外版　百寺巡礼　インド2
五木寛之　海外版　百寺巡礼　朝鮮半島
五木寛之　海外版　百寺巡礼　中　国
五木寛之　海外版　百寺巡礼　ブータン
五木寛之　海外版　百寺巡礼　日本・アメリカ
五木寛之　青春の門　第七部　挑戦篇
五木寛之　青春の門　第八部　風雲篇
五木寛之　親鸞　青春篇　(上)(下)
五木寛之　親鸞　激動篇　(上)(下)
五木寛之　親鸞　完結篇　(上)(下)
五木寛之　五木寛之の金沢さんぽ
井上ひさし　モッキンポット師の後始末
井上ひさし　ナ　イ　ン

井上ひさし　四千万歩の男　全五冊
井上ひさし　四千万歩の男　忠敬の生き方
井上ひさし　黄金《きん》の騎士団　(上)(下)
井上ひさし　一分ノ一　(上)(中)(下)
井上ひさし／司馬遼太郎　新装版　国家・宗教・日本人
池波正太郎　私　の　歳　月
池波正太郎　よい匂いのする一夜
池波正太郎　梅安料理ごよみ
池波正太郎　わが家の夕めし
池波正太郎　新装版　緑のオリンピア
池波正太郎　新装版　殺しの四人　〈仕掛人　藤枝梅安(一)〉
池波正太郎　新装版　梅安蟻地獄　〈仕掛人　藤枝梅安(二)〉
池波正太郎　新装版　梅安最合傘　〈仕掛人　藤枝梅安(三)〉
池波正太郎　新装版　梅安針供養　〈仕掛人　藤枝梅安(四)〉
池波正太郎　新装版　梅安乱れ雲　〈仕掛人　藤枝梅安(五)〉
池波正太郎　新装版　梅安影法師　〈仕掛人　藤枝梅安(六)〉
池波正太郎　新装版　梅安冬時雨　〈仕掛人　藤枝梅安(七)〉
池波正太郎　新装版　忍びの女　(上)(下)
池波正太郎　新装版　殺しの掟

池波正太郎　新装版　抜討ち半九郎
池波正太郎　新装版　娼婦の眼
池波正太郎　近藤勇白書　〈レジェンド歴史時代小説〉　(上)(下)
井上　靖　楊　貴　妃　伝
石牟礼道子　新装版　苦《く》海《がい》浄《じょう》土《ど》　〈わが水俣病〉
いわさきちひろ　ちひろのことば
松本　猛／いわさきちひろ　いわさきちひろの絵と心
いわさきちひろ／絵本美術館編　ちひろ・子どもの情景　〈文庫ギャラリー〉
いわさきちひろ／絵本美術館編　ちひろ・紫のメッセージ　〈文庫ギャラリー〉
いわさきちひろ／絵本美術館編　ち　ひ　ろ　の　花　こ　と　ば　〈文庫ギャラリー〉
いわさきちひろ／絵本美術館編　ちひろのアンデルセン　〈文庫ギャラリー〉
いわさきちひろ／絵本美術館編　ちひろ・平和への願い　〈文庫ギャラリー〉
石野径一郎　新装版　ひめゆりの塔
今西錦司　生　物　の　世　界
井沢元彦　義　経　幻　殺　録
井沢元彦　光　と　影　の　武　蔵　〈切支丹秘録〉
井沢元彦　新装版　猿丸幻視行
一ノ瀬泰造　地雷を踏んだらサヨウナラ
泉　麻人　大東京23区散歩

2020年3月15日現在